はじめに

人生は出会いによって運命が思わぬ方向に変わる。

犯罪は窃盗に始まり、窃盗に終わると言われている。

雄介の人生は、父雄太朗の影響、美津子との出会い、そして駆け落ちによって大きく変動し、その後、札幌での組親分夫妻との出会い、別れ、車上狙い、競輪場の旅へと展開されていく。

雄介は、両親の加護の下に順調に育ち、山梨県の金融界では中堅の本州労働金庫へ就職し、三三歳にして支店長代理の座に着いた。

職場では、まじめで、社交性に優れ、人当たりがよく、事務処理能力は高いとの評判から、上司の受けはよく、また、女性職員からの評判はすこぶるよかった。

金融マンとしては、一見理想的タイプであったが、雄介にも個性と趣味があった。

雄介の趣味は、競馬、競輪であり、特に競輪には魅力を感じていた。

また、個性として天性の勝負勘と女性を魅了する肉体を兼ね備えていたのである。

雄介は美津子との出会いにより運命が変わってしまう。人生の妙味なのか、それとも運命のイタズラなのか。

人生は楽しくありたい、うれしい出会いが多く、良き友との交友に恵まれて生涯を送れればと誰もが望むところであろう。しかし、実際はそうはいかない。

殺伐とした現代社会の中で、雄介は個性豊かに生きていくのである。

そんな中で、雄介が思いがけなく窃盗犯罪をやるに及んだ行為から、車上盗、カード犯罪における現代社会の実態の一面を明らかにし、カード犯罪における盲点と危惧を読者のみなさんに警告として発しながら、雄介の生き方を描いていこうと思います。

痛快！雄介の気ままな人生　無断は素敵　◎　目次

痛快！雄介の気ままな人生

無断は素敵

雄介の生い立ち

父雄太朗・母洋子について

熊野雄介は、山梨県の甲府に生まれた。

中学生のころまでは、ごく普通の男の子として平々凡々と暮らし、父雄太朗は、甲府市内の郵便局に勤めていたが、雄介が高校三年生の時に病気で亡くなってしまった。享年五五歳であった。

母洋子は、家の周りの畑仕事をしながら幸せな主婦業を送っていたが、雄太朗の死後は生計を助けるために、郵便局の人の勧めもあり、甲府市内の普通郵便局へパートとして勤めるようになった。

雄介には、義理の兄と姉がいる。母洋子の前夫との子供である。離婚の際、洋子の前夫が二人の子供を引き取り、雄介はその義兄姉とは一度も会っていない。

洋子は、小柄で丸顔の優しい面影があり、男性に尽くすタイプの女性であった。

雄介は、母親から、兄姉がいることと、洋子が三五歳の時に雄太朗と再婚したことは聞かされ知っていた。

父雄太朗は、郵便局で簡易保険の募集の仕事をしていて、気は優しく、人当たりもよく、頼まれると断れない性格であり、郵便局の営業マンとして優秀な成績をあげていた。

課長代理のポストまでは同僚よりはるかに早く就いたのであるが、長らく労働組合の役員の任にあり、五〇歳を過ぎた頃からは組合員六〇〇名を率いる支部長のポストにあった。

雄太朗は、仕事を終えると必ず組合役員や一般の組合員と飲みに行くのが日課であった。

それ故、雄介が父親と話をしたり、遊んだりしてもらえるのは日曜日だけであったが、雄太朗は忙しく、休日もほとんど組合の行事で追われていながら、子煩悩であるが故に、休日には組合の行事に雄介をよく一緒に連れて行っていた。

雄太朗は飛び抜けた人望があり、雄介を連れていくと、

「雄ちゃん、お父さんと一緒でいいね」

「このお菓子食べてよ」

なんて、まるで人気者のように組合員から声をかけられるのであった。

雄太朗は、仕事と組合運動だけが日課のような人物であったが、最も楽しみとしていたのは、仕事を終えたあと組合員と赤提灯でやる一杯であった。

雄太朗は酒が強く、話題が明るいので、飲んでいる仲間を楽しくさせる魅力を持っていて、相手に不自由することはなかった。

妻洋子とは、雄太朗がよく通っていた焼鳥屋で知り合い、いつの間にか一緒に住むようになって結婚したのである。

洋子は、雄太朗にべた惚れであり、なにひとつ不平を言うことなく暮らしていて、夫婦喧嘩はしたことがなかった。

雄太朗と洋子の結婚祝賀会は組合役員が主催し、市の体育館を貸し切って約一〇〇〇人の出席者を迎えて行われた。

結婚祝賀会は祝福と笑いの中で進められ、出席者の余興が続き、盛り上がり、飲めや歌えの大宴会となった。司会者が中締めをするタイミングを逸し、時間を二時間もオーバーしてしまうこととなり、予定していた列車に乗れず、二人は新婚旅行に行けなかったのである。

雄太朗は宴会になると、決まって、「青い山脈」を歌い出し、ダンスの振りを入れて会場内を動きながら踊ると、組合役員が一緒になって踊り出し、同席者も加わっての、大合唱となるのが定番だった。

そんな雄太朗にも、一つだけ好きなギャンブルがあった。それは競輪で、年に一～二回ではあるが、競輪場へ行くのを大変楽しみにしていた。

雄太朗は、組合の役員をしている関係から、休日のほとんどは、組合関係の行事で埋まっていて、自由に休める日は、年に一、二日あるかなしであった。

その一、二日は童心に返ったように人が変わり、競輪場に行くのである。

雄太朗は洋子と結婚する前のある日曜日の朝、洋子が雄太朗の家へ料理を作って持って来た時に、雄太朗は洋子の持って来た料理を袋に入れ、洋子の手を引いて競輪場へ行ったことがある。二人で一緒に出かけたのは、この一回だけではなかろうか。

洋子は、過去を忘れさせてくれる雄太朗の天真爛漫な性格や、その人柄にぞっこん惚れ込み、競輪場へ行って以来、洋子が押しかけるように雄太朗の家に来て一緒に住み、結婚した。

洋子は雄介を出産した時に、こんなに幸せでいいのだろうかと雄太朗に何度も何度も感謝しながら話すのを、同じ病室の人達が唖然として見つめ、話題になったと言う。

雄介も、年に一、二回ではあったが父親から競輪場へ連れて行かれるうちに、自然とギャンブルに興味を持ち始め、高校生の頃には、スポーツ新聞を買ってきて、競輪、競馬のレース予想をするようになっていた。

雄介が高校三年生の冬、父雄太朗が突然肝臓ガンで死んでしまった。

雄太朗は、亡くなる一カ月前までは仕事に出かけ、組員運動をやり、酒を飲んでいた。

日本の労働運動史の中でも郵便局の労働運動は凄まじい時代があり、その、絶頂期後半に雄太朗は支部長をしていた。

雄太朗は、全国組織の労働組合の中で実力者の支部長として名が通っていて、「山梨の熊」と呼ばれ、全国大会等で雄太朗が発言に立つと、会場は静まり返り、本部役員が答弁に狼狽することもしばしばあるほどであった。

年末交渉の迫った一一月の初旬に、郵便局管理者と組合との団体交渉の中で、交渉が始まって一時間が経過した頃、労使の交渉が詰まらず、激しい論戦が繰り広げられていたが、交渉は宙に浮いた。

司会、進行役の総務課長は弱り切ったような顔をして、局長の顔色を窺っていたが、局長は苦虫を嚙み砕いたような顔をしてじっと腕組みをしているだけで発言はなく、重苦しい雰囲気が漂っていた。

支部長雄太朗は堪忍袋の緒が切れたように、怒鳴り声で、

「ろくでなし野郎、交渉決裂！　退散」

と言いながら、役員と共に組合事務所に戻った。

そして、雄太朗は一〇分後組合事務室で突然倒れてしまい、救急車で病院に運ばれたが、その一カ月後に帰らぬ人となってしまった。

入院した雄太朗の容態は思わしくなかったが、意識ははっきりしていて会話は出来た。洋子の看病ぶりがあまりにも献身的であり、まるで新婚生活みたいだと看護婦や、連日見舞いに来た組合員の語り草になっていた。

雄太朗の死後、洋子は組合役員の勧めで郵便局へパートに出て、また雄介も高校卒業後、労働金庫へ勤めることとなった。

雄太朗は妻子への思いやりとして、死ぬ一年ほど前に、大日運輸の株を一株一五〇円で洋子と雄介名義で一万株ずつ購入しておいた。

購入した当時の大日運輸は宅配業務に参入したてのころで、業績は赤字すれすれの会社であ

り、株価も低迷していたが、雄太朗は将来を見抜いて、郵便事業の小包は、まもなく宅配へ、そして郵便も、独占から民間に移行する、そうすれば、大日運輸が躍進し、株価が上がると思っていた。

単純な発想のようだが、雄太朗は指導者として、状況判断と将来を読む独特の力を持っていた。

雄太朗は労働組合の指導者になっていなければ、郵便局の幹部になっていたことは間違いない。

その後、この株が、一株三〇〇〇円となり、洋子と雄介に大きな財産となる。

自動車学校

雄太朗は、自動車の運転免許証は原付自転車だけで、雄介の家には自家用車はなかった。

雄介は子供のころ、自家用車のある家庭を羨ましく思っていたので、高校を卒業した春休みに、四月から勤める予定の労働金庫の勧めもあり、甲府市内の自動車学校へ通った。

雄介は、機械音痴ではないが、車やバイクの運転は得意ではなく、車に対するイメージが、自動車の教習を受けているうちにだんだんと悪い方向に変わっていった。

「全神経を、一つの方向に当てなければならず、人間性がなくなっていく」

「自動車の運転教官から、いろいろ言われ、煩わしい」

「危険がいっぱい」

「予想以上にお金がかかる」

等の思いが日々つのり、教習の途中で自動車の運転免許をあきらめようかと自動車学校を休んだりしていて、ある日母親に気持ちを話した。

雄介から母親に悩みを話すことは、これまでめったになかったし、また、母親が雄介を叱ったり、長く話したりする機会もあまりなかった。

「自由に、人間性を大切にする家風」

は、亡き父雄太朗の信条であった。

「自動車学校へ行きたくない」

相談を受けた母は、雄介に、

「自分で考えて、判断しなさい」

とだけ言った。

級友、俊幸との出会い

雄介は自動車学校の仮免許の検定日に、

「もう自動車免許はやめよう」

と思い、自動車学校の事務室へ手続きに行った。

事務室の受付で順番待ちをしていたら、高校の同級生の小部俊幸とばったり会い、

「雄介、おまえも来ていたのか。俺、今日仮免許なんだよ、頑張ろうぜ」

いきなり言われ、雄介は咄嗟に、

「そうだな、俺も今日仮免許の検定なんだよ、お互い頑張ろうぜ」

と言ってしまったので、やむなく雄介はこの日仮免許の検定を受けることとなった。

仮免許試験の結果は、同乗した検定官がどう判断したのかは分からないが、雄介がコース及び路上を運転して車から降りる際、検定官から、

「さらに、頑張るように」

と言われ、

「ああ！　だめだ、やめればよかった」

と切ない気持ちになり、ことごとく自動車が嫌になっていた。

さらに、

「自動車は、人間性を喪失させる」

「労金へ勤めたら、なるべく、自動車の運転に縁のない部署につきたい」

とまで決意するに至って、この考えは、雄介のそれからの人生の中でも生き続けることとなる。

運転仮免許の結果発表を、雄介は自動車学校の出入口の近くで一人ポツンと聞いていた。

「結果発表、熊野雄介仮免許合格……」

「信じられない、どうしたんだろう」

雄介がボケーッとして立っていると、

「雄介、やるじゃん、二人の合格を祝って、うまいもの食べに行こうや」

俊幸は雄介の手を引いて、近くの中華料理店に入った。

俊幸は、雄介と気の合う仲間であり、高校の教室では将棋をしたり、また、放課後や休日に麻雀をする仲間でもあった。

俊幸は理数系が得意で、機械いじりが好きなこともあり、高校二年で自動二輪の免許を取り、学校へは二五〇CCのバイクで通学していた。時には、彼女をバイクに乗せて走り、注目の的になることもあったが、勉強も常に上位に位置していた。

俊幸はガリ勉タイプではなく、雄介とは性格が違うタイプであったが、気持ちがさっぱりしていて、二人は気の合う友達であった。

また、二人は将棋がうまく、学校の昼休みには周りに大勢の同級生が見つめる中で対局し、昼休みだけでは対局が終わらず、放課後決着をつけることもよくあった。

ある日、雄介は俊幸の家へ遊びに行った時、俊幸の家族が麻雀をやっていて、興味本位で見ていたら、

「雄ちゃんやりなよ」

と俊幸の姉から誘われた。

「僕、知らないんですよ」

と言いながらも、雄介は麻雀の雰囲気に魅了されるものを感じ、その千変万化の内容に興味を持った。

「僕、少し覚えてからにしますから、今度おじゃまする時お願いします」

と言うと、

「何言ってるんだ雄介、俺が後ろでアドバイスするからやりなよ」

と俊幸が勧めた。

俊幸の父親は、塗装業を営んでいて従業員が数名おり、社長自身麻雀が好きであることと、雄介が父を亡くしたことを知っていて同情してくれていた。

俊幸との交際から雄介は麻雀を覚えて、なんと面白いゲームだろうと夢中になってやりだした。同学年で麻雀のできる生徒を見つけるとすかさず誘い、たちまち仲間が増えていき、特にラグビー部には多くの麻雀仲間ができていった。

雄介と俊幸はそんな関係もあり、自動車学校での出会いはうれしい再会であった。

二人は自動車学校を出て中華料理店に入り、ラーメンと餃子を食べながら楽しそうに会話をしていた。

「雄介、労働金庫へ就職できてよかったな！　お母さんに親孝行しろよ、俺はよ、郵便局の外務員として就職することになったよ」

「え！　郵便局、俺の父ちゃん郵便局員だったんだぜ」

「そうだったんだよな。そうそう、郵便局の二次試験で、面接官から聞かれたよ、『郵便局で知っている人はいますか？』って。俺、親戚に郵便局に勤めている人がいなかったので、『同級生のお父さんで、熊野さんと言う人を知っています』って言っちゃったよ。そうしたら、面接官がうなずいてなにやら相談してたよ。雄介に言おうと思っていたんだけれど、つい忘れてしまって悪かったな。俺あまり面接の印象良くなかったと思うので、もしかしたら、雄介のお父さんの関係で合格になったのかもしれないよ。だって、本採用は四月からなんだけど、三月から非常勤で郵便局へ勤めたら、先輩が雄介のお父さんのことといい人だったと話していたよ。雄介、おまえも郵便局へ入れよ」

雄介は父親のことを思いだし、少しうれしい気持ちになりながら、

「そうかい、父さんのこと話したのかい。でも、俺は郵便局は向いていないと思うよ、バイクは乗れないし、試験受かんないよ」

俊幸は、父から家業の塗装業を継ぐよう言われていたが、

「郵便局の公共性の魅力」

に小学生の頃から興味を持ち、記念切手を集めたり、高校一年生から三年生まで、年末年始には郵便配達のアルバイトをしていて、配達先の人から、

「ご苦労さん、頑張ってね」

なんて言われると、たまらなく仕事にやり甲斐を感じて、郵便局の仕事は、なにか利用者の、「心のよりどころ」があるように思えていたので、両親を説得して郵便局を受験したのであった。

中華料理店で食事をした二人は、楽しい会話をして別れ、自動車免許の合格を誓いあった。

俊幸は、その後郵便局の簡易保険の募集で才能を発揮し、やがて選抜試験を突破して、郵政監察官になった。

雄介、労働金庫へ

就職

雄介は四月に労働金庫へ就職し、甲府支店の営業部へ配属となった。同期生は八人で、男性三人、女性五人であった。

同期生の中には、国立大学法学部、私立一流大学経済学部、東京の有名女子大学の出身者や社長の御曹司、銀行員の令嬢、県職員幹部の子供等がいた。「キザ昌」と呼ばれることとなる湖神昌男もいた。

雄介に与えられた最初の仕事は、主に労働組合への営業であったが、雄介の天性の明るさと、父の人脈による影響もあり、営業は順調な成績をあげた。雄介の人間性に対する上司の受けも良く、入社三年目で主任となり、頭角を現しつつあった。

労金の勤務時間は規則正しく、午前八時三〇分出勤の午後五時一五分退社、土曜、日曜日は休日で、母洋子も雄介が家のことを手伝ってくれるので喜んでいた。

雄介は、月に一度位は「競輪場」へ行っていたが、多くの休日は家でスポーツ新聞を買ってきてテレビを見ながら競馬や競輪を楽しんでいた。母からは、

「まじめをモットーに勤めるんですよ」

と言われていたので、その言葉を肝に銘じて生きていくつもりではあった。

入社して一〇年目には、本店営業部の係長、一五年目で甲府支店の支店長代理までに出世し、同期生八人の中ではトップの出世をして行くのであった。

同期生「キザ昌」

労金へ入社した同期生の中に「キザ昌」がいた。

大手建築会社社長の御曹司で、一見ハンサムな顔をし、身なりには高価な物を常に身に着けていた。名前は湖神昌男と言い、職場では、

「キザ昌」

と呼ばれていた。

昌男は金に糸目を付けず、腕時計、カフスボタン、メガネ、ライター等の持ち物にこだわりを持っていて、時折自慢そうにそれを眺めたり、磨いたりすることが癖になっていた。

「キザ昌」は世に言うプレイボーイのタイプで、気に入った女の子には機会を見つけては声をかけるので、職場内の女性の間で、

「昌男はキザでいやね」

と話題になっていた。

雄介と昌男は同期生だったが故に最初の頃はいろいろな面で比較をされたが、タイプは対照的な人物であった。

労金入社時の一年くらいは、昌男が注目されていたが、理事長はじめ、女性職員等の評判は年々雄介に傾いていき、特に入社一〇年目の祝賀会後に雄介が理事長の宿舎に呼ばれてからは、雄介は異例の出世コースをたどり、

「将来は部長間違いなし」

とまで囁かれていた。

雄介は三三歳で甲府支店の支店長代理に抜擢された。周りは誰もが不思議に思い、疑惑の眼差しを持って接する者も多くいたが、やがて雄介の人間性と実力を評価しての人事であることを理事長自ら支店長会議のなかで説明したことにより、雄介の持ち味がますます発揮されていくこととなる。

それに引き換え「キザ昌」は、職場内外の女性とのトラブルが問題となり、研修センター勤務を命ぜられ、出世の途は遅れていた。

「キザ昌」は研修センターでも腕時計を磨いたり、掃除の際にもカフスボタンをしているとの噂が聞かれ、また相変わらず女性問題は後を絶たなかった。

康子との結婚

雄介は二八歳で結婚し、卓望という名の子供が一人いた。

雄介の妻康子は甲府市内の信用金庫に勤めていて、二人は仕事の関係から知り合い、意気投合し、康子の父親の猛反対を押し切って一緒になった。

雄介には父が残してくれた家があったが、結婚後は母と一緒に住まず、とりあえず康子と二人で住むためにアパートを借りて生活をするようになった。

二人の結婚に康子の父親が猛反対した理由は、康子の家は代々続いた甲府で有名な老舗の造り酒屋であったからだ。

康子には兄が一人いるが、身持ちが悪く、高級車に夢中になって遊びまくり、家にはほとんど寄りつかない状態であったため、康子に婿を取らせたいと父は考え、腕のいい職人との結婚の話を進め、ほぼ決まりかけていたからである。

だが、この話に康子は乗り気でなく、もやもやした気持ちの日が続いていたある日、毎月開催されている金融協会の定例会に、康子は係長から出席を頼まれた。

「久保田君、急で悪いが、今日午後五時から僕の代わりに協会の会議に出席してくれないかね」

康子にとっては、なにかと嫌いな上司であったが、家にまっすぐに帰らなくてすむ口実ができたので、すぐに、

「はい、承知しました。でも、係長は今日はなにか用事があるんですか?　課長に言いますよ」

するると係長は照れくさそうに、

「ちょっとね、課長には僕が行くと報告してあるので、よろしく頼むよ」

手を合わせて康子に頼んできたので、康子は少し係長をからかってみるかと思い、

「どこに行くんですか、奥さんに電話しますよ」

「じょ、冗談じゃないよ、康ちゃんはきついんだから。今度食事ごちそうするから勘弁してよ、付き合い麻雀なんだから」

と取って付けたように言った。康子は、

「分かりました。でも、係長と食事をする気はありません」

と、言い返した。

金融協会の定例会は、各銀行持ち回りで行われていて、康子と雄介はこの日の金融協会の定例会で初めて顔を合わせた。

定例会は一時間くらいで終了し、帰り際に雄介と康子が顔を合わせ、雄介の方が声をかけた。

「食事でも一緒にいかがですか」

と誘ったところ、康子はこれまで父親の厳しいしつけの中で育てられていたので、男性との付き合いはほとんどなく、別世界へ誘われたような気分になり、恥ずかしそうに下を向きながら、

「よろしいんですか」

と答えた。

雄介はうつむき加減の康子の手を引いて、さっと歩き出した。

康子は、

「なんて気さくな人なんだろう、今までに会ったことがないような人間性を感じさせる人」

と感じながら歩いていた。

雄介はこれも社交の一環と思い、持ち前の明るさで、話に花を咲かせながら食事をし、午後七時半ころに食事を終えた。

雄介は康子をタクシー乗り場まで送って行き、後はゲームセンターへでも行こうと思って歩きながら康子の腕を引いて、タクシーの近くまで行き、

「今日はこれで、また、よろしくお願いします」

と別れようとすると、康子は体を雄介に寄せながら、

「いや、まださよならしたくない、もう少し付き合って」

と言われ、雄介は一瞬戸惑った。

雄介の頭の中には、ゲームセンターしかなかったが、康子の腕を少し強く引きながら、

「それじゃ、もう一軒だけですよ、時間はいいの？」

と耳元でささやくと、康子は、

「今日はいいの、父はうるさい人だけど、会合で出かけているし、母には電話してあるから」

と言いながら、体を雄介に寄せてきた。

康子の体は、上気してどうにもならない状態に近く、

「いいのかい」

と言う雄介にうなずく康子の顔を見て、裏通りのラブホテルへ入った。

雄介には、天が二物を与えていた。ひとつは、

「博才」

であり、もう一つは、

「すばらしい胸毛とそそり立つ男性自身を備えた身体」

であった。

康子にとって、雄介との合体は燃え上がるような経験であり、身も心もしびれてしまった。

この合体以来、康子は雄介の所へ通い詰めとなり、交際を始めて一カ月くらい過ぎたころの康子は、寝ても覚めても雄介のことばかり思うようになっていて、常に雄介のことが頭に浮かび、身体はどうにも止まらない状態であった。

康子の父親は、婿取りの話を決めようとしていたのに、康子の様子がおかしいことに気付き、

娘を座らせて問い詰めた。

「康子、よく聞くんだ！　我が家は甲府では老舗の名家なんだ、おまえがこの家を継がなければ我が家はどうなると思っているんだ。おまえのために、わしが自信を持ってすばらしい職人を世話しようと話を進めてきたのに、どうするつもりだ！　どこの誰だか知らない奴と大切な娘を一緒にさせる訳にはいかないからな、明日から銀行をやめて家で花嫁修業をしなさい」

えらい剣幕で怒鳴り散らした。

康子は覚悟を決めて聞いていたが、康子の母親は夫がこんなに怒った様子はこれまで見たことがなく、ただ涙を流しながら、康子の手を握りうなずいていた。

だが、康子の身体は、もう誰がなにを言っても聞き入れない状態になっていたので、康子は父親の怒鳴り声が終わるのを待って、一気に喋った。

「もういや、私の人生なんだから、私の気持ちも分かってほしいのよ。これまでは親のお陰と思って親の意向に沿って生きてきたけれど、私にだって好きな人と一緒になりたい気持ちができても当然じゃないですか。兄ちゃんに跡継ぎのことは考えるべきよ、私の生き方は私が決めます、明日からは家には戻りません」

と言い、さっと二階の自分の部屋へ行ってしまった。

久保田家では珍しい大騒動であり、職人達がビックリして聞き耳を立てていた。

次の朝、康子は母親に、

「もう、家には戻りません、熊野雄介さんと一緒になります」

と告げた。

母親は、康子が家を出る際に、

「連絡だけはちゃんとしてね、身体に気を付けて暮らすんだよ」

と言いながら、毎月積み立ててきた康子名義の預金通帳とキャッシュカードを渡してくれた。

康子は、これまでにない、新たな希望の世界へ飛び出すような気持ちで、人が変わったように生き生きとして実家を飛び出して行った。

康子はその日、銀行へは体調が悪いので休むと連絡を入れ、すぐに雄介に電話を入れた。

「私、今家を飛び出してきたの、雄介との結婚を父はどうしても認めないと怒鳴られてしまったので、雄介と一緒になりますと言って家を出てきたのよ。今日銀行休んだから、雄介もなんとか休暇がとれない？　二人で住むアパートを探したいの」

雄介は、突然の電話に驚きながらも、仕事面においては職場で絶大な信頼があり、出世街道を歩いているさなかで係長の立場もあったので、突発休暇は避けたかった。また、雄介はどう

しても康子と一緒になりたいとは思っていないこともあり、

「康子、それはまずいよ、仕事は抜けられないよ。後悔するからお父さんに謝って家に戻ったら？　またお昼に電話してくれない？　今、部長に呼ばれているんだよ」

となんとか、その場は電話を切った。

仕事中、プライベートな電話はタブーとされていて、上司に知れれば、即、人事に反映されてくるのである。

雄介はいくつもの悪い事例を見ていたので一瞬戸惑った。

特に職場内やお客との男女間のトラブルは、労金内の信用問題に関わるから、厳しい処遇がされていた。

雄介は、康子からの電話があった時、咄嗟に周りを気にしながら応対したが、内心はドキドキしながらハンカチで口を押さえるように話をしていて、

「いやー、参った」

と思わず言ったら、隣にいた女子職員から、

「珍しいわね、どうしたのよ熊野さん、仕事中よ、しっかりしなさい」

と忠告されてしまった。

その後、雄介と康子は二人でアパートで暮らすこととなり、式は挙げなかったが籍を入れ結婚した。

雄介の母洋子は、雄介と康子のために雄太朗が残してくれた大日運輸の株を、一株三〇〇〇円で一万株売却し、自宅を増築して、

「雄介、気が向いたらいつでも来て住んでいいよ」

と家を用意してくれたが、雄介は、

「一年くらいは、気楽にアパートで暮らすよ、困ったらいつでも面倒みるからね」

と言って、洋子の家の近くのアパートで二人の生活を始め、一年後に長男が生まれ、「卓望」と命名した。

康子は卓望の出産後も、子供は実家に預け、信用金庫に勤めることにしたが、康子の父が卓望をことのほか可愛がり、今度は雄介に酒屋の跡継ぎになるよう勧めるようになったが、雄介は、

「その気はありません」

と言われるたびに断っていた。

表彰式

七月のある日曜日に、山梨県金融機関協会の設立五〇周年記念パーティが開催された。約一五〇名の出席者の中には、政財界の大物も出席し、社交の場でもあった。

甲府の一流ホテル「グランドパレスホテル」で開催された記念式典に、雄介は出席した。

雄介は、支店の業績を急成長させ、勤続一〇年と併わせ営業係長として表彰を受けるため、労働金庫から甲府支店長と共に出席した。

式典後の祝賀会は立食形式で行われ、なごやかなムードの中で進められていた。

祝賀会は金融関係者の社交の場ではあるが、雄介はなかなかの人気者で、多くの出席者から声をかけられ、祝福を受けた。

雄介は、祝賀会の中で受賞者を代表して挨拶に立ち、

「御礼の言葉を五、七、五の川柳で述べさせて頂きます。

燃えてみる
事業愛の
色いろに

ありがとうございました」

と簡単明瞭に挨拶した。

祝賀会場は拍手喝采となり、雄介はさらに多くの出席者から声をかけられた。

会場内には、心地良いピアノの音色が流れていて、この時ピアノの演奏をしていたのが内田美津子である。約一時間演奏が行われたが、途中一〇分の休憩があり、美津子は会場の廊下のソファーで一人休んでいた。美津子は、ホテルの支配人から急拠ピアノを弾いてもらいたいとの連絡を受け、新潟への帰郷を遅らせてパーティでの演奏を引き受けたのである。

運命のいたずらなのか、それとも赤い糸が絡み合った天の定めなのか、雄介がトイレに行った帰りに、ふと美津子と視線が強く合ってしまった。

雄介は、咄嗟に彼女がピアノの演奏者であることは分かったので、軽く会釈をすると美津子も会場の人気者である雄介の顔は、ピアノを弾きながら覚えていて、軽く会釈をして笑みを見せた。

雄介はこの時、なにか彼女に惹かれるものを感じて近づき、

「すばらしいピアノの演奏ありがとうございます」

雄介が美津子に声をかけると、美津子は、

「声をかけていただいてありがとうございます。まだまだ未熟なんですが、ピアノが好きで……」

少し顔を紅くしながら答えた。

美津子には、大学に男友達は何人かいて、男性との会話は苦手な方ではないが、なぜか、社会人との交際にあこがれていたことと、雄介の明るさに魅せられるものを感じていたのである。

美津子と雄介の出会い、そして人生の歯車の狂いは、このパーティから始まる。

雄介は、名刺を出して美津子に渡した。

「初めまして、私は熊野雄介と申します。またなにかの出会いがありましたら、よろしくお願いします」

美津子は名刺を受け取りながら、

「私、まだ学生なんです……」

照れくさそうに答えた。

雄介は、美津子の電話番号を聞こうと思ったが、しつこいのはどうかと思い、

「それでは……」

と、会釈をして別れた。

美津子は、一〇分の休憩時間が随分長かったように感じると共に、雄介との突然の会話の中に、なにか今までにない熱き思いを感じてしまっていた。

美津子の生い立ち

ここで、美津子の生い立ちについて触れてみよう。

美津子は、新潟県の三条市で生まれ、父内田茂雄は、日本で中堅の石油コンロを主力商品として生産する会社に勤めていた。

茂雄は、新潟にある大学の工学部を卒業すると同時に同社に就職し、五年ほど生産管理部に所属した後、社長からの特命を受け研究開発部に移り、ファンヒーターの新機能商品開発に取り組んだ。研究熱心な性格から一年間くらいは研究室で寝泊まりが続くほど頑張って、ついにファンヒーターの自動着火装置の改良版を完成させた。

茂雄は、社内から「オンリーワークマン（仕事一本）」と呼ばれる程の堅物で、趣味は読書くらい、友達付き合いはほとんどなく、酒は苦手で少し飲むと直ぐに真っ赤になり、横になって眠ってしまうのであった。

茂雄は社内結婚で、妻は社長の親戚にあたり、ぽちゃっとしたかわいいお嬢さん育ちで、社長が仲人をして二人を一緒にさせた。

茂雄の完成させた自動着火装置の影響もあり、会社はやがて日本の石油ファンヒーターではトップメーカーにまで成長し、その後も数々のヒット商品を開発し急成長している。

茂雄は自動着火装置の功績が認められ、開発成功から一年後に山梨県の甲府工場長に栄転した。

茂雄には二人の女の子供がいた。甲府への転勤が決まった時、長女美津子は高校三年生で大学受験を控えていたし、次女は中学三年生で高校受験を控えていたため、妻は子供と家に残り、茂雄が単身で甲府へ行くことになった。

美津子は、なかなかの秀才で、高校では常に学年で三番以内の成績をおさめていた。

性質は気性の激しい一面があるが、顔は彫りの深い美人であり、親の意向もあってピアノを小学生の時から習っていた。かなりのレベルに達していて高校三年生の時までレッスンを受け腕を磨いていた。

高校では音楽部に所属し、副部長を務め、全国大会などにも数多く参加した。

美津子が高校二年生の夏、高校の音楽祭で長野県の軽井沢へ演奏会に行った際、ホテルの庭を一人で散策している時に、ギターを担当している三年生の部長である先輩男子と偶然出会い、新緑のさわやかなムードの中で、どちらから誘うともなく二人は抱き合い、深い関係となった。

美津子は燃えやすいタイプで、その部長が卒業するまで彼の家に遊びに行き関係を持っていたが、部長は卒業と同時に東京の私立大学へ行き、連絡もない状態となってしまっていた。

美津子は、当初この男性のことが忘れられず、東京の私立大学を希望していたが、父親の転勤があったことや、母の勧めから急拠山梨にある大学を受験し見事に合格した。

美津子は大学の教育学部に入学した後、ピアノの特技を活かし機会あるごとに演奏をしていて、三年生になった時からホテルでアルバイトをしていた。

そのアルバイトは結婚式やパーティの席で一、二時間ピアノを弾くのが仕事であった。

美津子は、大学を卒業してからは、中学校で音楽の先生になろうと進路を決めていた。

理事長からの誘い

山梨金融協会での祝賀会で、雄介が祝辞の中で述べた川柳、

燃えてみる　事業愛の　色いろに

を、祝賀会の二日後に、労働金庫の理事長が甲府支店長から聞いてえらく喜んでしまった。

理事長は、総務部長に「祝賀報告会」を計画させ、雄介を本店理事長室に呼んで昼食会を開催した。

さらに、書道家に頼んで色紙にその川柳を書いてもらい、雄介にサインをさせて理事長室に飾った。

理事長の名前は、桐村哲造と言って、山梨県の労働界では知らない人がいないくらいの大物で、衆議院議員選挙の候補者として噂されていたが、そこは桐村のうまさで、桐村自身は裏方に回り、陣営の大物として暗躍するのが常であった。

桐村は、通信労連の委員長を務めた後、二年前から労金の理事長に就任していた。

桐村理事長は長野県の飯田市出身だが、甲府大学工学部を卒業後中央電電の山梨支社に就職し、労働運動の道に入り、カリスマ的な風貌と説得力のある発言力を備えていたことから、山梨通信労連の委員長に推薦され、山梨県の労働界では第一人者的存在の時代が長くあった。

桐村は宴会は嫌いではないが、だらだらと酒を飲むことが嫌で、だいたい宴会が始まり一時間くらい経過すると抜け出し、自宅へ帰っていた。

趣味は、碁、将棋、麻雀で、特に麻雀が好きで、通信労連の委員長時代はメンバーに欠くことなく、毎晩のようにやっていたが、労金の理事長になってからは、職員は理事長に近づこうとしないし、幹部は堅物が多く退屈の日々が続いていた。

桐村理事長の妻は親の介護の関係で飯田市に行っていて、ここ一年くらいは単身で暮らしていたので、なにかもやもやした精神状態が続いていた。

哲造が雄介の祝賀会の話を聞いたとき、直感で雄介に親近感を持ち、

「面白いヤツだな」

と、内心思うと同時に、雄介と会う機会づくりを総務部長に命じた。

それで、名目を「祝賀報告会」として、雄介との昼食会の席が作られた。

報告会では昼食を取りながら仕事関係の話を一応した後、哲造が、

「熊野君、君の趣味は何かかね？」

タイミングを待っていたかのように聞いた。

「はい、私は読書と……、競輪、競馬を少々」

言いにくそうに雄介が話すと、哲造は、

「読書ね……、それは後から聞くとして、競輪、競馬はよく行くのかね」

「いいえ、年に二～三回です、スポーツ新聞で毎週楽しんでいますが……」

「そうかね、僕は麻雀が好きなんだけど、君はできるかい」

「ええ、まあ、並べるくらいなら」

雄介が答えると、待ってましたと、

「そうかね、早速で悪いが今夜付き合ってくれないかね、いいだろう。実は今晩、通信労連の仲間と宿舎で麻雀をやることになっていたんだが、一人抜けてしまい、困っていたんだよ、久しぶりにセットしたのに中止にしたくないんだよ、いいね。今夜六時に甲府支店の前で待っているからね。僕の車で一緒に行くから頼むよ」

哲造はうれしそうに声を弾ませた。

「私でいいんですか？　理事長から迎えになんて悪いですよ」

「いいんだよ、それでレートだがね、二〇〇でいくので承知していてくれたまえ。僕が面倒見るから心配いらないよ」

うれしそうに話した。

雄介は、理事長と話をするのは仕事以外今回が初めてで、理事長のイメージが変わっていった。

理事長の宿舎へ、麻雀

「祝賀報告会」の夜、雄介は理事長の宿舎で思う存分個性を発揮し、独演会の様相を呈しながら楽しく麻雀は打ち続けられた。雄介が上がるとメンバーから、

「またかい、プロみたいだね」

なんて言われると、雄介はすかさず、

「当たりきしゃりき、クルマ引き、隣のババアは風邪をひき」

とか、狙いのパイを持ってくると、

「きた、きた、北区三丁目」

「カンチャン、スッポリ、いい気持ち」

「ますます良くなるホッケの太鼓」

なんて具合に言葉を入れるので、メンバーは勝ち負けよりも、雄介の個性に魅了されながら打った。

雄介が面白い言葉を発しながら打つので、理事長はこれまでに味わったことのない感動を覚えながら、どんどん盛り上げてついに翌日の朝まで打ち続けられた。

成績は半荘一二回中、雄介トップ八回、理事長二回で雄介の独り勝ちであったが、メンバーは勝ち負けよりも、麻雀による人間の触れ合いの楽しさを味わい、充実感に浸ることができた。

麻雀が終わったのは、翌日の朝一〇時頃で、

「ぜひ、このメンバーでまたやりましょう、いいね熊野君、頼むよ」

理事長が言うと、

「ええ、私でよかったら」

雄介は答え、すっかり理事長に気に入られてしまい、このあと雄介の行動パターンが変わっていくこととなる。

麻雀を終えて、通信労連の幹部二人が引き上げたので、雄介も帰ろうとしたが、理事長は雄介にもう少し付き合えと言ってワインを出してきた。

つまみがなにも出なかったし、お腹が空いていたので、雄介は冷蔵庫を覗いてさっと肉入り野菜炒めを作って出すと、

「君はたいしたもんだね、一緒にいるとうれしくなっちゃうよ。ところで将棋を一番、相手してくれないかね、できるんだろう」

と理事長が聞いたので、雄介は、

「ええ、並べるくらいなら……」

すかさず理事長は、

「その手は、桑名の焼き蛤だよ」

と言いいながら、奥の部屋から将棋の盤と駒を運んできた。

将棋の道具は、理事長が通信労連の委員長を退任する際に組合員一同から贈られた記念品で、盤は榧《かや》の八寸、駒は天童市の職人彫りでなかなかの逸品であった。

「すばらしい道具ですね、理事長うまいんでしょう」

雄介が言うと、理事長は、

「なに言ってるんだい、君は奥ゆかしいからね。麻雀だって『並べるくらい』なんて言ってたのに、とんでもない……」

理事長には、労働組合の将棋大会で強豪として知られ、全国に名が売れていた自負があった。

雄介は、細かいことには動じない性格であり、気さくに対局に臨み、将棋を打ち始めて五手目くらいで理事長が唸った。

「君はうまいじゃないか」

雄介は言った。

「これからですよ、ところで理事長、昼になにかうまい物食べに行きませんか」

「そうだな、一番やってから僕の行きつけの店へ行こうや。君と知り合ってよかったよ、今日は僕のおごりでいくから、付き合ってくれよ」

理事長が言うと、雄介が、

「ええ、行くのはかまいませんが、今日は私に払わさせてくださいよ」

そんな会話を交わしながら、将棋は手が進み、雄介の仕掛けを理事長が軽くかわして持久戦になり、打ち始めて早一時間が過ぎ、昼の一二時頃になったが、理事長が長考に入った。

雄介は、あまりの長さに、

「コンビニに行って、弁当買って来ます」

と言って出て行き、三〇分ほどで弁当とスポーツ新聞を買って戻って来た。

将棋の方は、まだ、理事長が次の手を打っていなかったので、雄介が、

「理事長、弁当食べてくださいよ、ゆっくりやりましょう」

理事長が、

「ゆっくりね、うれしいね、雄介君と三番くらいやりたいね」

「ゆっくり考えてください、私は今日の競馬のG1レースの予想をしていますから」

「ところで熊野君、競馬に一度連れて行ってくれないかね、麻雀はよくやるのだが、この年まで競馬と競輪はやったことがないんだよ。それと、君と一緒になにかやっていると、楽しくて感動し人間の喜びを感じてしまうんだね。来てもらった最初にここまで頼むのはいかがと思うけど、本音なんだよ」

会話を交わしながら、雄介は照れ、

「私はたいしたことないですよ、車も持っていませんし、でもよろしかったらお付き合いさせていただきます」

雄介は、将棋の合間を利用して、スポーツ新聞に食い入るようにして紙面に蛍光ペンを走ら

せていた。

「このレースは、この馬から2点流しを基本に、薄めを押さえで面白いですね」

等、雄介は独り言を呟きながら、真剣に競馬新聞に見入っていると、理事長が、

「君は、馬券を購入するのかね」

雄介が、

「いいえ、理事長室でお話ししましたように、年に二～三回しか購入していませんが、G1レースは常に興味を持って予想をしています。今日のレースは午後三時からテレビで放映されますので、見ていいですか？」

と聞くと、理事長は直ぐにテレビのリモコンを雄介に渡し、

「うれしいね、ゆっくり付き合ってくれよ、将棋をやりながら……」

将棋は二時間を経過しても決着がつかず、やや理事長が有利になりかけていたが、雄介のなにげなく打った歩を見て哲造がうなった。

「なんだって、こんな手があったのか」

「なんでもないですよ、そちらの方が状勢はいいですよ、理事長にはかないません」

理事長は負けたくない気持ちが強く、また腕組みをして深い読みに入った。

「少し考えさせてくれないかね、困ったよ、頼むよ」

「私はテレビを見ていいですか、競馬を見たいんです」

雄介が言うと、理事長が頷いたので、テレビのスイッチを入れ、スポーツ新聞に印を付けたりしながら、レース結果を赤の蛍光ペンで書き入れていた。

そんな素振りを理事長は感心しながら見ていて、

「雄介君、G1レースが始まったら教えてくれないかね、僕も一緒に見たいんだよ」

「ええ、いいですよ、発走は二〇分後くらいです」

「ところでね、G1レースの君の予想を聞かせてくれないかね」

理事長が聞くと、雄介は、

「ここに書いた通り、3―5と3―9を厚めに、3―1、3―7、3―8の薄めを予想します」

「雄介君、もう少し詳しく教えて欲しいんだよ。僕は馬券を買ったことがないので、素人が分かるように頼むよ」

理事長は、将棋の次の手に困り、また雄介の競馬を見る姿が気にかかり、落ち着かない心境になっていた。

「理事長、それでは次の日曜日に競馬に行きますか?」

「いいのかい、君の家庭は大丈夫かい、僕に付き合っていて。もしよかったら僕の車で行きたいね」

「車ですか、石和の場外売り場ですからタクシーにしませんか。それと、私の家庭は心配いりません。息子が一人いますが、女房の父親が大変可愛がっていて、休日には実家へ連れて行っていますし、私は義父と顔を合わせないようにしていて比較的自由なんです。女房も覚悟していますのでいいですよ」

そんな会話をしていると、G1レースがはじまり、哲造と雄介は食い入るようにテレビに見入った。

テレビを見ながら理事長が、

「3番の馬は後ろの方だけど大丈夫かい、先頭の馬と大分離されているよ」

と、話しかけると雄介は、

「ええ、まだゴールまで800メートルありますし、3番の馬は追い込み型で直線300メートルくらいから猛然と追い上げるんです、見ていてください」

テレビのアナウンサーが忙しそうに実況放送をしていた。

「あと直線300メートル、9番3馬身のリードこのまま逃げ切るか、5番、3番ムチを入れて猛然と追い込んできた、差は2馬身、1馬身、間もなくゴール、並んだ、並んだ、3番僅かにとらえてリードしたか、2着はきわどい、いずれにしても、2、3着は写真判定になるでしょう、すばらしいレースでした」

雄介の真剣な眼差しを理事長が見て、

「君は、人が変わったように競馬を楽しんでいるんだね。ところで、今のレース僕は結果がよく分からないが、どうなったんだね」

雄介はテレビを見ながら、

「今、2、3着は写真判定ですので、結果を見ないと分かりませんが、3番が1着で、2着がきわどく、9番が残ったか、それとも5番が追い込んで2着かと思います、3―9の線が強いですが……」

と雄介が説明した。

「なるほどね、君の表情を見ながら話を聞いていると競馬は面白いもんだね。ところで、君の予想はどうだったっけ」

理事長は雄介のスポーツ紙を覗いた。

その時、テレビのアナウンサーが結果が確定した旨を伝え、配当金を放送した。

「1着3番、2着9番、3着5番、配当、単勝3番200円、複勝3番130円、9番180円、5番200円、枠番連勝3―7、370円、馬番連勝3―9、580円……」

「たいしたもんじゃないかね雄介君、君は面白い人間だね。すっかり気に入ったよ、これからよろしく頼むよ、僕を嫌がらないで」

理事長の哲造は、長年組織のトップとしてのプライドがあり、第一線の現役指導者であるが故に、仕事上命令することは多いが、頼むことはめったにない。哲造が本気で頼むのは、雄介によほどの人間性を感じたのであろう。

将棋の方はやや哲造優勢で終盤に入り、一手一手の寄せ合いとなり、哲造は勝ちを読み切ったと判断し、守りをせずに寄せを選んで攻めの手を打った。

雄介は特に終盤に強く、かなり形勢が悪くても、いつの間にか逆転させてしまう棋力を持っていた。

理事長との将棋も、きわどく終盤逆転して雄介の勝ちとなり、哲造はくやしがり、

「もう一番、もう一番」

と、せがむので雄介は三番付き合った後、夕方に哲造の行きつけの料理屋へ行き懇親を深めた。

石和の場外売り場へ

次の日曜日、約束どおり哲造と雄介は石和の競馬場外売り場へタクシーで乗り着けた。

哲造は、子供が遠足にでも行くような気持ちで浮き浮きして、

「雄介くん、軍資金はどのくらいあればいいのかね」

雄介は、

「理事長、多くは要りませんよ、熱くなっちゃだめですよ。要は楽しむことです、分かりましたね。私は二つのレースだけ購入しますので、他のレースは見ています」

二人は大スクリーンの見える所で席を確保した後、雄介はスポーツ新聞を哲造に渡し、

「直ぐに戻ります」

と言いながら席を立とうとすると、哲造は、

「僕も連れて行ってくれよ、なにも分からないんだから一人になるのは困るよ」

と頼むと、

「今はここにいてください。席がなくなってしまいますので、昼に場内を案内しますよ、一〇

分程で戻ります」

哲造は頷いて待っていたら、雄介が両手に食べ物を抱えて戻って来て、

「まあ、一杯やりながら見ましょう」

ヤキトリとビールを渡した。

レースは第3レースを迎えていたが、雄介はスポーツ新聞を食い入るように見ながら蛍光ペンで新聞に書き込んでいて、馬券は一向に購入しなかった。

哲造は退屈そうに、

「雄介君、僕は第3レース何か買いたいんだが、教えてくれよ、いいだろう?」

雄介は、

「私は7レースとメインのG1レースだけ馬券を購入する予定ですので、できましたら私に付き合いませんか。7レースとG1レースに……」

哲造は困ったような顔をしながら、

「7レースとG1はもちろん付き合わさせて貰うけど、頼むからこの3レースも教えてくれないかね、君の予想を」

「理事長、熱くなっちゃだめですよ。第3レースは新馬戦ですから荒れることがよくあります

ので、パドックの馬を見てからがいいですね」

雄介はスポーツ新聞を見ながら、スクリーンに映し出される馬の様子を見て、スポーツ新聞に蛍光ペンを走らせ、哲造に言った。

「人気は5番が集めていますが、少し体重が増えていますので心配です。5番に比べて人気はあまりないですが、7番の馬が気合いが乗っていますし、騎手も池ですから面白いですよ、できれば総流しで……」

と言い、マークシートの記入方法を教えた。

哲造はすぐに馬券購入の場所へ行き、五分ほどで戻ってきて雄介に馬券を見せながら、

「この馬券の内容で、君の言った7番からの総流しでいいのかね」

差し出して見せた。

「エエッ！　理事長、各馬へ5千円も買ったんですか、総額6万円も。僕は各5百円でと言ったんですよ、熱くなっちゃだめですよ」

哲造は、恐縮しながら、

「そうなんだよ、僕も6千円で済むと思って馬券購入の機械に入れたら受け付けてくれず、係の人が飛んで来て『いくらの単位ですか』と聞かれたので僕は『千円単位です』と言ったら、

マークシートを塗りつぶし『6万円を入れてください』と言われたので6万円入れたんだよ、よく分からないんだよ、雄介君一緒に行こうよ今度は」

雄介は、

「まあ、レースを見ていましょう、楽しく行きましょうよ、理事長」

と言いながら第3レースの場内放送を聞いていた。

「3レースは新馬戦1200メートル、13頭によって競われます。

さあゲートが開き各馬一斉にスタートしました、飛び出したのは5番、ムチを入れながら先頭に立ちました、1馬身離れて10番、その内に8番、先頭から最後尾まで8馬身位、先頭5番飛ばしています、7番が中段の位置から追い上げてきた、第4コーナーを回って5番先頭で逃げている、騎手の手が動いている、各馬ムチが入ってゴールに向かい残り200メートル、先頭5番逃げ切れるか、各馬追い上げる、8番、3番追ってきた、7番も猛然と5番手から追ってくる、あと100メートル、3頭横に広がって7番迫ってきた、8番少し抜けた、7番迫る、届くかゴール、ゴール。

1着は8番ですが、2着はどうか、3番と7番際どいです、一番人気5番はゴール前失速し4着です、決定は今しばらくお待ちください」

哲造が雄介に聞いた。

「どうだったんだね、結果は。ドキドキしちゃうね」

雄介はにこにこしながら答えた。

「分かりません、でも、面白いですよ。2着は際どいですが、もし7番が2着なら高配当になります。1着の8番は10番人気で、7番は5番人気でしたし、5番がかなりの人気を集めていましたので7、8千円の配当になります。結果発表を待ちましょう」

まもなく場内放送があり、2着は7番と3番の同着となった。

「1着8番、2着同着、3番と7番、配当、馬番連勝3―8、1530円、7―8、3620円の二通りです」

雄介は哲造の肩を叩いて、払い戻しの場所へ案内した。

「よかったですね、駄目かと思ったんですが、騎手のうまさですよ最後は。ゴール前での馬の首の伸ばさせ方は池の技術ですね。理事長18万円の払い戻しになりますよ」

哲造は跳び上がって喜んでいたが、ここで雄介は厳しく言った。

「理事長、その気になって熱くならないでください。後は私と一緒に7レースとG1レースだけ馬券を購入してください、分かりましたね」

これまでにない強い口調で言うと、哲造は、

「分かったよ、そうするよ。でも楽しいね君と一緒にいると。初めてだよ、こんな気分は。ところで、なにか食べに行こうよ」

二人は払い戻しを行った後、場内を雄介の案内で回り、食堂に入って一杯やりながら食事をした。

哲造は次のレースも買いたそうにしていたが、雄介が腕を組んで行かせなかった。

その後、二人は7レースとG1レースの二レースの馬券を購入し、結果は、7レースが3点買いで惜しくも1着、3着で外れたが、G1レースは見事に的中し、3万円を投資して8万円の払い戻しを受けた。

この日の競馬での収支は、雄介2万円のプラス、哲造17万円のプラスとなり、二人とも喜びの日となった。

理事長はこの日の行動で、新たな世界を発見したかのような感動を覚え、雄介との交際を深く求めていくこととなる。

哲造は、

「人生の喜びを味わうことができ、土曜、日曜がこんなに楽しめることは大発見である」

との考えができ、これまでの生活にない、活き活きとした人生を雄介によって与えられた気持ちになり、この石和の場外売り場以後も、哲造は時々雄介を誘って麻雀や競馬を行う日々が続いていった。

そして、雄介は春の人事異動で本店の営業係長に昇進した。

美津子との交際

再会

美津子は、大学四年生の秋になった時、教員試験の実習で甲府市内の普通高校へ一週間きていた。

実習最終日の金曜日に、美津子は同校の音楽部から授業終了後に部活指導を頼まれピアノの演奏指導を行っていた。

この日学校は、教員の給料日であり、労働金庫から職員がきて教職員の各種出納事務を行う日だったので、雄介は本店の営業係長として、校長先生や教員に挨拶したいと思い、女子行員と一緒に軽自動車に乗って学校にきた。

雄介は普通自動車の運転免許証はあるが、ほとんど運転していないし、自家用車を持たないのは、雄介のこだわりであった。

それは、

・車を運転すれば、事故が怖いし、人生が狂う危険がある

・車で通勤すれば、夜の付き合いがやりにくい

・車を運転していれば、女性から乗せてと頼まれた時に断りにくいし、また所有している車の比較をされ、煩わしい

との理由からである。

特に労金への入社当初に、「キザ昌」が高級車を乗り回していたので、比較されるのを避けたかった思いもあり、車はよほど困らなければ持たないし、できるだけ運転しないことにしていた。

雄介は校長に挨拶をし、次に教職員にも挨拶して教務室を出ようとした時に、美津子が教務室に入って来て、二人はぶっつかりそうになった。

「ああ、すいません」

「ごめんなさい」

どちらからも謝りの挨拶をし、顔を見た。

「あれ、いつぞやの……、内田美津子です。ホテルでピアノを弾いていた……」

美津子が言うと、雄介は、

「奇遇ですね、ところで、どうしてここに……」

「ここではなんですから、後で連絡しますので電話番号を教えてください、名刺いただけたら有り難いのですが……」

美津子が積極的に言うので、雄介は名刺を渡しこの場は別れた。

雄介が労金本店へ戻って残務整理をしていた午後六時頃、美津子から電話が入り、二人は夕食を一緒にする約束をした。

午後七時頃から二人はレストランで食事をしながら、美津子は教員への夢がもうすぐ実現する話をして、雄介との出会いを嬉しそうな表情で話しながら時を過ごしていた。

雄介は、あと一軒、喫茶店でも行ってから美津子と別れ、ゲームセンターへ行こうと考えていた。

食事を終え街へ出たら、美津子が雄介に寄り添いながら、

「雄介さん、もう少し付き合って、スナックへでもいかがですか」

と、誘ってきたので、雄介は、

「いいんですか、それじゃ僕の知ってる店へ……」

二人は、雄介の行きつけのスナックで一時間ほど過ごした後、美津子をタクシーの乗り場まで送り、別れようとしたところ、美津子が雄介に抱き付いてきて、

「いや、今日は離さない、いいでしょ、お願い」

雄介は、この、

「お願い」

に弱い。

二人はそのままモーテルへ行き、美津子が燃えた。

「雄介さんステキ、もてるんでしょ、魅力的な身体、胸毛すばらしいわ……」

喜びをあらわにして雄介に抱き付いていていた。

雄介は、

「僕は、妻子がいるんだからね、今回だけですよ、いいんだね」

美津子に言い聞かせるように言った。

教師志望から労金へ

美津子は雄介との一夜を過ごしてから、寝ても覚めても雄介のことばかり思うようになってきた。大学を卒業後は音楽か国語の先生になろうと、教員免許取得のための単位をすべて修得し、実習も三校こなし、あとは山梨県の教員採用試験結果を待つだけになっていたが、雄介との再会で美津子の考えが、

「労金に入って、雄介と一緒に仕事をしたい。なにがあっても雄介と離れたくない」

と変わってしまい、美津子は雄介に労金への入社を強く頼んだ。

ちょうど労金の職員採用に追加募集があったので、雄介は美津子の熱意に押され、追加募集に応募させるとともに理事長に頼んだ。

この頃は、雄介と理事長は蜜月に入っていて週に二～三回は会っていたし、特に金曜日の夕方は「定例会」と名付けて、理事長を囲んで麻雀を楽しんでいたので、雄介は理事長には頼み易く、また理事長も雄介には好意に持っていた。

金曜日の「定例会」で半荘が終了して、お茶を飲みながら一息入れた時に雄介が切り出した。

「理事長、お願いなんですが……。親戚の娘が大学を卒業し、ぜひ労金を希望していて、追加募集に応募しますので、よろしくお願いします」

あまり頼み事をしない雄介からの話であり、理事長は二つ返事で答えた。

「そうかい、君からの頼みなら配慮はしたい、追加募集の採用は三名だね、筆記試験は八〇点以上を取って欲しい。それと金融市場に関することと金利動向を勉強して臨ませるように、一次試験を突破すれば二次試験は僕が主任面接官をやるからね」

「よろしくお願いします、勉強させます」

次の日の夕方、雄介は美津子を夕食に誘って応募書類を渡し、理事長からの勉強内容を伝えた。

雄介は美津子と夕食をしてからすぐに家に帰る予定でいたが、美津子がそうはさせなかった。

「雄介さん、お礼をさせて欲しいの。いいでしょう、付き合って、お願い」

頼まれると断れないのが雄介のいいところでもあり、よくないところでもあった。

この日の美津子はいつもとは違っていて、堪えきれないほど火照り疼いていた。

美津子が雄介の腕を引いて、モーテルへ行き、部屋に入るなり、

「雄介さん、もう離れたくないの、お願い可愛がって」

すぐに二人は、深い交わりに入っていった。

雄介は、この「お願い」に弱い。

「うん困ったな、僕は妻子がいると言ったじゃないか、この前の時にこれで終わりと言ったのに。それと、もし君が労金に入ればこんな関係は続けられないよ、分かっているのかい」

美津子は雄介に強く抱きつきながら、

「いいの、雄介さんと同じ職場にいられるだけで。もう、雄介さんが忘れられない彼氏になってしまったの、試験頑張るわ、応援してね、美津子を」

美津子は燃えて、雄介に強く抱きつきながら、全身をくねらせ何度も何度も絶頂を迎えていた。

雄介のセックスは、自ら女性を攻めることはなく、黙々と女性の攻めに対応するのである。すばらしい胸毛、そそり立つ男性自身、いつまでも萎えず、いやがらずに応じることは、積極的な女性にとっては堪らない魅力なのであった。

そして、雄介は「お願い」と迫られると、「いや」と言えない性格がミソであり、この夜は翌日の朝まで付き合い、美津子は燃え続けた。

この頃、雄介の家庭はすでに康子と別居状態に入っていて、長男卓望は康子の実家に預けっ放しの状態で、康子も実家から信用金庫へ出勤していた。

卓望が実家で喜ぶ姿に康子は心を奪われ、雄介とのアパートへは一カ月に一～二度帰るか帰らないくらいになっていたが、それでも康子は雄介に惚れており、たまに顔を会わせるとそれなりに燃えるのであった。

雄介は、康子の実家へは極力行かないようにしていた。

その理由は、義父から強く、

「跡継ぎになれ」

と迫られることと、義父が厳格な性格で、雄介に一つ一つ念を押しながら話をして、返事を求めるため、雄介は息が詰まってしまうような気分になるので、義父と顔を合わせることを嫌い、できるだけ康子の実家へは行かないようにしていた。

それ故、雄介は康子と結婚して三年目頃からは、月に一～二度アパートで会う生活になっていたのであり、雄介は束縛されない生活をその性分からも常に望んでいた。

採用試験、理事長のこだわり

美津子は優秀な成績で労金の一次試験を突破した。

雄介は理事長室に呼ばれ、

「内田さんは優秀じゃないか、五〇人中トップの成績だよ。きれいな字を書くし。大学は教育学部なのに、なぜ労金を受ける気になったんだね」

雄介は急な質問に、返答に困ったが、

「ええ、そうなんですよ。教員資格もありますし教師の道をいく予定だったんですが、教員の不祥事や学校の荒廃しているニュースを見て、嫌気が差したのではないでしょうか。急に労金への入社を熱心に頼むものですから……。私も理事長に話したことがありますが、明るいいい子だと思います」

うまく話を合わせた。

理事長から、

「二次試験は一週間後だから頑張るように伝えてよ、私が主任面接官だから配慮はするつもりだがいろいろあるからね。内田さんに返事は明るく、はっきりと答えることと、労金の商品名を二つ覚えてくるように伝えて置いてくれたまえ、これは独り言だよ」

さりげなく理事長は言った。

一週間後、面接試験が行われ、一次合格者は七名で、この中から三名を合格とする予定であり、総務部長の所へは、手づるを通じ七名全員の推薦が届いていた。

労働組合からの推薦、県幹部からの推薦、金融機関関係者からの推薦等で、美津子の推薦は雄介が行った。

推薦の中には、代議士の秘書から直接電話で頼んでくるケースもあり、総務部長への推薦の内容においては、美津子はやや不利な状態であった。

第二次試験の面接は、五名の面接官が行い、総合点で順位を付け一次試験の結果と合わせ最終総合点を付けて順位を決め、総務部長がコメントを付して理事長の決裁を受けるシステムとなっていた。

美津子の面接の順番となり、

「内田美津子です、よろしくお願いします」

一礼をして丁寧にドアーを閉め、また一礼をして椅子の左側から座った。

美津子は、雄介から第二次試験の事前に、

「明るく、はっきりと話をするように」

言われていたので、肝に銘じ心得て行動し、美津子の態度について試験官の印象は良く、面接の頃合いを見て理事長が質問をした。

「ところで、労金の商品名を知っていたら、言ってください」

美津子は直ぐに、

「はい、山愛総合預金とフジ山ローンを知っています」

試験官の手が一斉に採点用紙に動き、五名の試験官全員が二重丸を付けた。

理事長は、

「しめた」

と思っていたところへ、総務部長が質問した。

「内田さんは、労働金庫に知り合いの人はいますか」

美津子は無意識の内に、

「はい、熊野雄介さんを知っています」

と言ってしまい、

「ドキッ」

としていたら、総務部長は、

「熊野君と、どのような関係ですか」

美津子は一瞬困った表情となったが、すぐに、

「はい、とも……、友達です」

すかさず、理事長が助け船を出し、

「熊野君の親戚なんですね、熊野君から労金の話を聞いたことはありますか?」

美津子は、ホッとしながら、

「そ、そうなんです、ボーナスの時期になると、熊野さんが父の所に来て、預金を頼んでいましたので、労金の話を聞いたことがあります」

そんな質問を受けながら、三〇分の面接は終了した。

面接日の二日後に、総務部長が追加採用試験の合格者選考に関する決裁書類を理事長の所へ出した。

「理事長お願いします、いろいろありまして大変悩みました。コネでどうしても外せない三名がいます、内田美津子については残念ながら補欠となります」

総務部長が話すと、理事長は、

「ムッ」

として書類を見ながら、

「何言ってるんだい、なんで成績がトップの人を採用できないんだね。おかしいじゃないか、そんな人事をやっていたら、組織がおかしくなるよ、合格予定の三名はどのような理由だね」

総務部長は困った表情で、

「恐縮します、先ほども申しましたように、いろいろコネの関係がありまして選考しました。一人は労働組合の委員長から、一人は県の幹部から、一人は代議士から強い推薦を受けておりまして、どうにもならないもんですから……」

理事長は、スジの通らないことには頑として引かない一面があり、労連の委員長時代には、

「一徹の哲造」

と呼ばれていた。

「なんだね、この三番目の合格予定者は、筆記試験は六番目の成績で、面接試験は七番目じゃないか、ピアスをしていた彼女じゃないかね。それに、労金の商品を聞いたら、他の金融機関の商品名を平気な顔をして話していたね。それと話し方もはっきりしないし、なにか気の強そ

うな感じだったんで、僕はＤに評価したんだよ」

総務部長は弱り切ったように、

「恐縮します、そうなんです。私の評価点も低かったんですが、さきほど申しましたように、コネでどうしても断れない関係がありまして……」

理事長は声を荒げて、

「それで、どうするつもりだね！　これじゃ僕は印は押さないよ。内田美津子を合格にしなさい、分かったね」

久しぶりに理事長が怒った。

なぜ、ここまで理事長はこだわったのか、総務部長は真意が掴めないでいたが、席に戻り、思案に耽りながら、

「熊野に関係があるのか、それとも理事長が内田美津子を気に入ったのか、それにしても困った」

独り言を呟きながら全職員の人事希望調書を見ていて、

「よし！」

と言いながら、本店窓口課の近藤八芽子を総務課に呼んで三〇分位話をした。

総務部長は一時間後に、再度、理事長に、

「恐縮します。理事長、内田美津子を入れて四名合格とします。ただし、本店の近藤八芽子が結婚のため四月中旬に退社しますので、実質三名の採用と同じになります。いかがでしょうか」

口癖の「恐縮します」を言いながら、笑みを浮かべ書類を出した。

理事長は総務部長の書類を見て、

「よし」

とだけ言って、決裁印を押した。

美津子は労金へ就職し、石和支店の接客営業係に配属となったが、労働金庫へ入社後も雄介が忘れられず一カ月に一度以上は会っていたし、日に日に思いは募っていくばかりであった。

美津子の不祥事

美津子が、労金石和支店に勤務して三年目のある日、お客とのトラブルから五〇〇万円の穴を開けてしまい、上司に言えず勝手に支店のお金を流用し、雄介に電話をかけてきた。

「雄介助けて、お願い、五〇〇万円必要なの。明日までに用意しないとうまくないの、なんとかして」

この時雄介は、甲府支店の支店長代理の地位にあった。

「突然どうしたんだい、五〇〇〇万円もの大金を」

「お客とトラブッてしまって、上司に言えず支店のお金を持ち出して渡したの。雄介お願い、今日中に五〇〇〇万円用意して、一生のお願い、夜八時に甲府駅前のホテルのロビーで待っているからね」

この電話から雄介の人生が大きく変化して行くこととなり、雄介は困った。

二〇〇〇万円位なら自己の預金でなんとかなるが、五〇〇〇万円を直ぐにと言われても右から左とはいかない、だが雄介の性格からして、

「断れない、なんとかしなければ」

と思いながら腕時計を見たら、午後七時三〇分を過ぎていた。

「なんとかなるだろう、金庫から一時借りよう、明日支店長に説明することとして」

雄介は支店長代理の仕事として、支店の金庫の管理は任されていたので、常時三億円からある資金から五〇〇〇万円を借りることとしたが、支店のお金を私的に使えばどうなるかは、上司から厳しく指導されていたし、現在は雄介が部下に防犯指導をしている立場であった。

「部内犯罪と男女問題には細心の注意が必要」

これが、金融機関における管理者の重要な心得であった。

だが、雄介は決意した。

「なんとかなるだろう、明日支店長に話そう、そして後で穴を埋めよう、もしもの時は理事長に頼み込もう」

と自分自身に言い聞かせ、金庫の扉を開け、万札の束五個を取り出し、熊野五〇〇万円と書いた紙に印を押して入れて置いた。

雄介が札束をカバンに入れ急いで甲府支店を出たのは、午後七時五〇分頃であり、美津子の指定したホテルへタクシーに乗り、入口に着いたのは午後八時を過ぎていた。

雄介は急いでホテルに入り、フロントの脇にある応接コーナーを見ると、美津子が手を振って待っていた。

「雄介、こっちよ、こっち、ごめんね、突然こんなことで呼び出して、それでどうだった？」

雄介は、ＯＫサインを右手で作り、笑顔で美津子に声をかけた。

「しょうがないね、困ったもんだ」

と言いながら、五〇〇万円の入ったカバンを美津子に渡した。

・頼まれると断れない
・楽観的
・深く考えない
との人柄が、これまで何度か触れたように、雄介の良いところでもあり、またまずいところでもあった。

カバンを渡すと、直ぐに美津子は雄介の手を引いてホテルの最上階にあるラウンジへ行き、甲府駅前の夜景を見ながら二人は一時間くらい食事をして時を過ごし、後はお決まりのコースでホテルの一室へと消えた。

ところが、この日の美津子は強い口調で雄介に話しかけてくるのであった。

「ネエ！　雄介、もう離れたくないの、一緒にいないと気が狂いそうなの、二人で旅に出ようよ」

と、言い出しながら、いつものように美津子が雄介の上になって攻め続けていたが、この日はなぜか、これまでになく美津子に熱意がこもっていた。

「雄介、もう離さない、お願い、一緒にどこかへ行こうよ。どうせ労金にいたって二人は一緒になれないんだから、いいでしょう。それに上司のキザ昌に最近しつこく迫られていて、職場へ行くのが億劫なの。この前なんか私の帰りを待っていて、車のところへ誘おうと手を引いて行かれそうになったのよ。なんだかしれないけどリボンの付いた箱出しながら『ドライブにいかがですか』って。黄色の手袋してさ、本当にキザでいやネ」

そんな会話をしながら二人は愛を確かめ合い、朝までホテルで過ごした。

美津子の気持ちは、この夜の雄介との話の中で、二人でどこかへ行くことに固まっていた。

朝、二人はホテルから職場へ出勤し、雄介は甲府支店へ行くと、直ぐに支店長室へ行き金庫から五〇〇万円を借用した件について支店長に申し出た。

「申し訳ありません、緊急を要し、どうしても用立てしなければならない事情がありましたものですから、私の意思で五〇〇万円を借用しました」

雄介は退職を覚悟していたので、悪びれずにはっきりと話をした。

支店長は雄介の顔を見て、困ったような素振りをしながら、

「それで、何時五〇〇万円は返済出来るのかね」

「はい、今日中になんとかします、そして、私は今日付で退職させて頂きたいと思いますのでよろしくお願いします」

と言いながら、胸の内ポケットから辞表を出し支店長に渡した。

支店長は直ぐに本店の総務部長へ電話を入れ、本店へ飛んだ。

雄介は、証券会社へ電話を入れ、大日運輸の株一万株を売りに出したが、株の売却代金は売買成立日から四日目が決済日となるので、その間、五〇〇万円をなんとか用立てしなければならなかったので、理事長に電話し、

「理事長、たっての頼みです、五〇〇万円四日間貸してください、今すぐにです」

理事長はすでに総務部長から、本件の概要について聞いていたので、

「雄介君、よほどの事情があったのだな、すぐに君の口座にお金振り込むから使いなさい。それとだね、今夜付き合ってくれるかい、二人でゆっくり飲みたいのだよ」

雄介は、「ホッ」としながら、

「ありがとうございます、今夜七時に本店前でお待ちします」

と言って、雄介は直ぐに入金を確かめ自分の口座から五〇〇万円を引き出し、支店の金庫に入れた。

その頃、本店の理事長室では、理事長、総務部長、甲府支店長の三人で話し合いが持たれ、

「業務上横領か窃盗で警察へ……」

「直ちに本人から事情を聞いて、懲戒免職とすべきでは……」

「とんでもないことだ、他にも流用しているのでは……」

等々、最初は厳しい意見が続出したが、三人が話し合って二〇分位経過した頃、理事長が命令した。

「総務部長、ただちに甲府支店へ行き金庫の残額を検査しなさい。そして結果を私に電話で即報告するように、分かったね」

あえて理事長は、怒りを込めたような言い方をして、

「支店長、君も立ち合うんだよ！　早く行きなさい」

総務部長と支店長は、調子が狂ったような顔をしながら理事長室を出て行った。

二人が理事長室を出て行ったのを見計らって、理事長は雄介に電話を入れ、

「埋めたかい」

「はい、お陰様で先ほど埋めました」

「いいかい、これから総務部長と支店長が金庫の現金検査に行くからね。なにか聞かれたら、『理事長に話してあります』とだけ言うんだよ、じゃね」

と言って、微笑みながら受話器を置いた。

まもなく、総務部長と支店長が甲府支店に到着し、金庫の中の現金検査を始めた。

雄介は、すでに退職をする決意をしていたので、平然として支店長代理の机の整理を始めていた。

総務部長と支店長が現金検査をして一時間位が過ぎた頃、理事長から総務部長に電話が入った。

「なにやってるんだ！　まだ分からないのか、僕は直ぐに結果を報告するように言ったじゃないか、それでどうだったんだ！」

何時になく、大きな声で理事長が怒鳴ると、総務部長はオドオドしながら、

「恐縮します、は、はい！　三回検査したのですが、金額は合っているんですよ、不思議なんですよ」

「何言ってるんだ、金額が合っていれば問題ないじゃないか、支店長は不足しているのを確認したと言っているのかね、熊野君を連れて本店に戻りなさい。支店長には『金額は合ってる』と言ってくるんだよ」

総務部長はなにか納得いかないような顔をしながら、理事長の言葉を支店長に伝え、雄介を連れて本店に向かった。

車の中で総務部長が雄介に声をかけた。

「どうしたんだね熊野君、理事長えらく怒っているよ、まさか君は金庫にお金を戻したんじゃないだろうね、戻せるようなら穴開けないしなぁ……」

「なにかあったんですか、理事長に話しますから大丈夫ですよ」

総務部長は、調子が狂ったように、

「な、なに言ってるんだい、大丈夫だなんて、素直に謝ったほう方がいいよ。業務上横領は犯罪だからね、大変なんだよ」

雄介は平然として、総務部長の運転する車の助手席に乗り、外の景色を眺めながら、

「部長、お昼が過ぎていますが、僕まだ昼、食べていないんですよ、旨いもの食べませんか」

「な、なに！　君はどういう神経しているんだね、理事長がカンカンになって怒っているんだよ。自分のやったことが分かっているのかね、昼飯どころじゃないよ！」

「理事長そんなに怒っているんですか？」

車はまもなく本店に着き、総務部長が急ぎ足で理事長室に雄介を連れていった。

雄介の思い

雄介の人生観

雄介の人生観は、

・くよくよしない、特に終わったことについてはあまりこだわらない
・頼まれたことについては、最大限行動をともにする
・人との交際において、わだかまりを残さない
・心の中に次の楽しみを常に持つ
・ギャンブル（競馬、競輪）とうまく付き合う
・その時、その時を最大限大切にし、次の楽しみに向かって生きる

等であり、この人生観は父雄太朗の影響と雄介の人間性によるものであろう。

特に、競馬、競輪との付き合い方は独特のポリシーを持ち、人生の喜びとして位置付け、活用していく能力は天性のものを備えていた。余暇をいかに過ごすかが雄介にとっては、人生を楽しく過ごすための大きな要素であるとの信念があった。

「次の楽しみ」

を常に持っている。これが活力となって、日々を乗り切れることとなり、雄介はその喜びを
「競馬、競輪」

や、気の合う人との交際に求めていた。

雄介の良いところは、ギャンブルの怖さをわきまえていることであり、ギャンブルはすべて、
・射幸心を煽られる
・金銭感覚が狂ってくる
・深みにはまりやすい
等々、危険がいっぱいであり、ギャンブルによって人生が狂うケースは山ほどもあることを脳裏に叩き込んでいた。

それ故に、危険と背中合わせの状態の中での、

「楽しみ、喜び」

であることを踏まえて、ギャンブルとの付き合い方を身に付けていたのである。

雄介は、父雄太朗の競輪との付き合い方を教訓としながら培った、ギャンブル活用術を心掛けていたと同時に、一番大切なことは、

「自分の許せる範囲のお金で楽しむ」

に徹することであると決意していた。

雄介は、ギャンブルとしてのパチンコ、麻雀、競馬、競輪等に、それぞれ一時期は熱くなったことがあるが、この熱くなった時も決して無闇やたらにのめり込むことはしなかったし、面白さが分かって来るにつれ、長く楽しむにはどう付き合うべきかを、しっかりと考え節度を持っていた。

雄介は、日々の状況の中で、現実の事象について必要以上にこだわることなく、自分なりに生きることが大切であるとの信条を身に付けていた。

生きてるか

生かされてるか

人生路

思い出の人、寿美江

雄介は、これまでの人生の中で自ら女性を口説くことはなかった。むしろ、女性から迫られると断れなくて困っていたくらいであった。

だが、こんな雄介の心の中にもあこがれの女性が一人いた。

その女性は、雄介の労金甲府支店の営業係長の後任である松原寿美江であった。

寿美江は結婚していて、雄介より三歳年上であるが、仕事熱心でお客からの評判は良く、労金における接遇の研修会や会議には、講師として顔を出していた。

雄介は、年に五、六回会議で同席する程度であったが、寿美江と会話をするたびになにか心惹かれるものを感じていて、さりげない挨拶を交わすだけでも嬉しさを感じていたのである。

そんな二人が、半期に一度の営業戦略会議で同席となり、雨の帰り道を駅まで五〇〇メートル位世間話をして一緒に歩いたことがあった。

雄介が、

「松原さんは評判がいいですね、甲府支店の成績や雰囲気が素晴らしいのは、あなたの影響なんでしょう」

と言うと、

「ああら、本店の方にそんなに言われると嬉しくなっちゃうわ、私を周りの人が支えてくれているのよ。それにしても、熊野さんは理事長に随分好かれていると聞いていますよ」

「ええっ？　そんな話になっているんですか。理事長とは趣味が合うだけですよ……」

との会話をしていると、寿美江がさっと雄介の傘の中に入り、腕を組んで歩いた。

実に自然なしぐさで、

「熊野さんもてるんでしょう、奥さん泣かせちゃだめよ」

「いや、そんな……」

この時雄介は、寿美江の温かさに不思議な魅力を感じながら、一〇分位腕を組んで歩いていたが、仲のいいカップルとしか周りの目には映らない光景であった。

駅の近くまで来ると、

「じゃ、ありがとうね」

と言って、寿美江はさあっと改札口へ向かった。

雄介の心の中に、

「うれしい一時だった、なにか心が癒される、彼女は温かいものを持っている、一緒にいると心が和らぐ」

等、これまで味わったことのない女性への印象が残り、なぜか、雄介の心の中で忘れられない女性になってしまっていた。

雄介の持ち味を、周りの女性や上司が感じ、雄介を好きになっていくのであるが、雄介も人の子であり、逆に心癒される女性がほしかったのであろうか。

その後雄介は、寿美江と仕事上電話で話すことはあっても、二人で会う機会はなかった。

雄介の心の中には、家庭を犠牲にする気はないが、

「寿美江さんとゆっくり時を過ごしてみたい」

との希望は生き続けるのであった。

雄介が、生涯思い続けた女性は寿美江以外にはいなかったが、労金時代に夢が実現する機会はなく、諦めかけていたが、意外な時に二人の出会いの場が出来、雄介の夢が叶うこととなる。

退職、駆け落ち

旅路への決意

雄介は、美津子の五〇〇万円不祥事の件で退職は覚悟していたが、幸いにも理事長の配慮で、その後問題となることはなかった。

しかし、美津子の気持ちは、雄介との駆け落ちへと止まらなくなっていて、五〇〇万円の件から一週間後に二人がホテルで会った時、美津子が言った。

「雄介、二人で旅に出ようよ、お金ならなんとかするからさ。私もう石和支店へは行きたくないの。お客とのトラブルはあるし、キザ昌は嫌だし、それと、雄介と離れていると気が狂いそうなの、もう我慢できない、いいでしょう、お願い……」

「ウーン、美津子の気持ちも分かるけど、今回の件は理事長のお陰でうまく収まったんだから後の心配はないし、僕は支店長代理になってこれからが大切なんだよ。家庭もあるし勘弁してくれよ」

雄介は、珍しく美津子の要望に難色を示した。

「雄介らしくない！　初めてよ、そんな言い方、私もう決めちゃったの。雄介離さないからね」

美津子は、愛を確かめ合うかのごとく雄介を何度も攻めた。

「もう逃れられない」

美津子の熱心な話に、雄介はただなんとなく相づちを打っていたが、話はどんどん美津子が誘導し、一〇日後に甲府駅から東京へ行くことで雄介は約束をしてしまった。

美津子は深く考えることなく、この駆け落ちを、

「毎日雄介と一緒にいられる」

ことだけで、うれしくてどうしようもない気持ちで心躍らせていたが、雄介は内心、

「人生の大きな転機が来た」

と諦めながら、覚悟を迫られることとなった。

雄介は次の日の午後、支店長に休暇願いを提出して理事長の所へ行き、退職の意思を話した。

理事長は雄介の気持ちを察し、

「円満退職として措置しよう、また会える日を楽しみにしているよ」

と、握手を求められ、雄介は、少し涙を浮かべながら、

「申し訳ございません、いろいろありがとうございました。我がままを許していただきたいと思います」

と言い、頭を下げて理事長室を出た。

雄介は、労働金庫の退職手続きを滞りなく済ませ、五日後に退職金を受け取り退社できたが、妻康子には何も話してなく悩みながら、美津子との出発の前の日に、やむなく康子宛てに手紙を書いた。

「康子ごめん、事情があって旅に出る、僕を捜さないで欲しい、卓望を頼む」

手紙の上に、二〇〇〇万円預金されている通帳を添えて置いてきた。

雄介には、大日運輸の株を売った三〇〇〇万円と退職金七〇〇万円ほどが手に入っていたので、理事長に五〇〇万円を返し、康子に二〇〇〇万円やっても、まだ一二〇〇万円位が残っていた。

美津子にも、五〇〇万円位の所持金はあった。

駆け落ち、東京へ

金曜日の朝八時頃、二人はＪＲ甲府駅で落ち合った。

「雄介！　こっちだよ、さあ行こう」

美津子は心躍らせ、少し興奮気味に雄介の手を引いて切符売り場へ行き、

「東京二枚」

と切符を購入して列車に乗った。


美津子がどんどん雄介を誘導して行き、まるで、新婚旅行のカップルかと思わせるような二人であり、東京駅へ着いてから美津子は直ぐにホテルに電話を入れ、

「ダブルの部屋を、三日間」

と予約をした。

ホテルに着くと荷物を預け、すぐにタクシーに乗り、「ディズニーランド」へ雄介の手を引いて行き、遊びに行く姿は、美津子がはしゃぎ、雄介が付いて行くという光景であった。

東京での二日目は雄介の要望で「浅草」へ行き、浅草寺の観音様をお参りしてから、「ＪＲＡの場外売り場」へ仲良く腕を組んで歩いて行った。

ようやく雄介が元気になってきて、

「雄介、生き生きしてきたね、電車の中から人が変わったみたいだよ。楽しく行こうよ、私にも競馬教えてね」

と、美津子は声をかけ、競馬新聞を真剣に見ている雄介と腕を組んで寄りつき、競馬新聞を覗きながら、

「私にも馬券を買わさせて、お金なら私もあるからいいでしょ」

雄介は蛍光ペンを走らせながら、黙々と競馬新聞を見ていて、レースが進んでいったが一向に馬券を購入しなかったので、美津子が退屈そうに雄介にモーションをかけだした。

「雄介、なにか旨いもん食べようよ、美津子買ってくる、ここで待っていて」

雄介はすかさず言った。

「美津子、僕と離れちゃ駄目だよ、迷子になっちゃうからね。馬券は第11レースだけ購入することにしているのだよ。それじゃ、11レースの馬券を前売りで買ってからおでんを食べに行くか。美津子との出発を記念しての勝負になるね、美津子は買わないで見ていた方がいいよ」

と言いながら、マークシートに記入して、機械に入れて馬券を購入した。

それを見ていた美津子が、雄介に、

「同じマークシートを私に一枚記入してくれない、無性に買いたいの、お願い」

「ウーン、同じ馬券かい、知らないよ外れても。まあいっか、これからの二人の運命を占って見るか、でも購入金額は僕の半分でどうだい」

「いや、雄介と同じでなきゃ。だってこれからは何をするにも一緒なんだから」

雄介、美津子ともに、第11レースに3点買いで15万円投資した。

11レースが発走するまでには、あと一時間位あったので場外売り場の向かい側にあるおでん屋に入って、ビールを飲みながら二人で楽しそうに会話をしながら時を過ごしていた。

「雄介競馬好きなの、私知らなかった。でもうれしいよ、いろんなことが経験できて。このおでん美味しいね。ところで11レースはなんていう馬が勝てばいいの？」

美津子は、雄介がようやく相手をしてくれるようになったので嬉しそうに聞いた。

「11レースの買った馬券は馬番連勝と言ってね、1着と2着を当てなきゃだめなんだよ。

3番から8番、10番と11番への3点流しだから、まず3番の馬が2着までに来るかどうかを注目して見ていたらいいよ。3番の馬の名前はトキドキスゴイと言ってね、休み明けで今回はあまり人気がないが、もの凄い末脚を持っていて、レースの流れが合えば面白い勝負になると思うよ。

それと、11番ハヤクイクヨは逃げ馬で最初にものすごく飛ばすので、３番とは逆に末脚が甘くなるけれど、マイペースで行ければ前残りがあるかもしれないので押さえておいたんだよ。

人気は10番で池の乗るカケノオチカップルなんだけどね。

８番アサクサカネニナルも最近の成績はパッとしないが実績はあるし調教がうまく行っていればそれなりの勝負になると予想するんだがね。

今日は馬場もいいし面白いレースになるような気がするよ。

３―11なら３０００円、３―10なら８００円位はあるね、８―10で来たら泣いちゃうね……」

雄介は競馬、競輪になると、喜々としてうれしそうな表情で話しかけるので、美津子は、雄介と一緒にいられる喜びを噛みしめながら寄り添って行動しているだけで「幸せいっぱい」であった。雄介の話に頷きながら楽しく時を過ごしていた。

第11レースが近づき、雄介と美津子は場外売り場の三階へ行き、テレビを見ながら実況放送を聞いていた。

「11レースの発走です。15頭一斉にスタートしました、距離は１８００メートル、各馬第１

コーナーから第2コーナーへ、先頭は11番5馬身のリード、縦長の展開となりました、2番手集団は3頭、人気の10番、8番、1番、その後3馬身離れて5頭が中段グループを形勢、3番は最後尾で追走、騎手の手が少し動いているが大丈夫か。

先頭から最後尾まで10馬身の展開、11番どんどん飛ばして逃げる、7馬身、8馬身、まもなく第3コーナーから第4コーナーへ、後続が追い上げ直線に向いた、10番2番手、8番、1番ムチが入って追い込み態勢だ、5番も来た、3番後方から大外を回って追い上げてきた、残り300メーター、激しい叩き合いとなった、11番逃げる2馬身リード、10番、8番並んで追い上げる、
あと100メートル、3番大外からやってきた届くか、11番逃げ粘れるか、横に広がった、激しいレースだ、4頭横に広がってゴール、ゴール前壮絶な叩き合いでした。

11番残ったか、3番届いたか、10番、8番間に合ったか、首の上げ下げです、1着から4着までは写真判定と思われます、結果の発表をお待ちください」

雄介がテレビに見入っていると、

「雄介どうだったの、なんか3番も言ってたね、写真判定ってなあに」

と、美津子が聞いた。

「写真を見てから順位を決めるんだよ、馬の首の上げ下げが勝負だね、ハナの差か、同着だね、ああ……分からない、でも面白いレースだったよ、読み通りで……」

雄介は、少し興奮しながら美津子に話していたら、まもなく、場内放送があった。

「第11レースの結果をお知らせします。1着3番、2着8番、3着10番と11番同着です、払い戻し、馬番連勝、3―8、2380円……」

雄介は美津子の手を握って払い戻しの窓口へ行きながら、

「やった！　美津子よかったね、ホテルへ戻ってお祝いしようや」

と言うと、美津子は、

「雄介、12レースもやろうよ、美津子なんか興奮してワクワクした気持ちなの、いいでしょ、美津子のお金使っていいからやろうよ。ネェ……」

雄介は美津子の言葉に耳を傾けることなく、払い戻しの特設窓口で二枚のマークシートを渡し、238万円の払戻金を受け取った。

そして、雄介は美津子に、

「12レースはやらないよ、ギャンブルは熱くなったら必ずやられてしまうの。それでなくてもやられる仕組みになっているんだよ、胴元以外は儲からないの。今日はホテルのレストランで祝杯をあげて、二人の門出を祝おうや」

二人はタクシーに乗りホテルに戻った。そして、最上階のレストランに行き、ワインで乾杯しフルコースの料理を頼み、豪華な食事をしながら東京の夜を楽しんだ。

部屋に戻り、ベッドに入ってからは相変わらず美津子が攻め続け、嬉しさをあらわにしながら燃え続けた。

西武園競輪場、そして北海道へ

次の日の日曜日は、雄介の希望で「西武園競輪場」へ行った。

昨日の競馬の快感で、美津子は雄介の意に沿うように行動するようになりつつあった。

雄介には常に、「思いやり」の心があり、ホテルを出るときに美津子の手を握り、

「美津子、指輪買ってやろうか、新宿によってから西武園に行こうや」

と、朝九時頃ホテルを出て電車に乗って、「新宿」へ行き、宝石店で指輪を購入してから、「京王プラザホテル」の展望レストランで昼食をした。

美津子は、この三日間はうっとりすることばかりで、夢の世界に来ているような気持ちになっ

ていて、

「私も雄介になにか買ってやるよ、何がいい、時計はどう」

「僕はいいんだよ、時計は父の形見をしているからいらないよ、それより早く競輪場に行きたいんだよ、いいかい」

「じゃ、何かほしい物があったら言ってよね、いいわ、雄介の気持ちはもう競輪場にしかないんだから、分かったわ、直ぐに行きましょう」

二人が西武園競輪場に到着したのは午後一時三〇分頃で、すでに5レースまで終了していた。

雄介は電車の中で競輪新聞を真剣に読んで検討していた。五年ぶりの競輪であったため、うれしさが先に立ち、なにか落ち着かない気持ちであったが、燃える思いが湧いていて、

「6レースと11レースを購入しよう」

と決めた。

第6レースはA級決勝で第11レースはS級決勝が組まれて、雄介は競馬も競輪も同じであるが、一日二〜三レースと決めており、徹頭徹尾守り通すこととしていたので、この日のレースは、6レースは杉田、11レースは地元の井上に主軸の選手として狙いを定めた。

雄介は美津子を第4コーナー付近の観覧席に座らせ、

「ここの場所に座っていて、すぐに戻ってくるからねいいね、僕がくるまで移動しないでよ」

と言って、車券売り場へ走りながら、内心、

「検討の時間が足りない、予想屋から情報を聞く時間もないので、軽く買って楽しむしかない」

と決めていた。

第6レースは杉田から2点を厚め、2点を薄めに流して、合計2万円購入した。

その後、場内を見て美味しそうな食べ物を探していたら、おでんを売っていたので二人分買って美津子の所へ持って行き、

「食べなよ」

と雄介が渡すと、美津子は待ってましたと、

「6レースなに買ったの、教えて？　私も買うからいいでしょ」

おでんを旨そうに食べながら雄介が言った。

「買わないで見ていなよ、美味しいだろう？　競馬場や競輪場で食べるのは美味しいんだよ、美津子は6レースゆっくり見ていなよ」

美津子はつまらなそうに、

「だって、買って見ているのと買わないで見ているのとでは、全然面白さが違うし、雄介の狙

い目を知りたいんだよ」

「ウーン、その気持ちは分かるけど。ギャンブルは見て楽しむのが無難なんだけどね、じゃレースを楽しむために言っておくんだけど、6レースは赤色の帽子で3番の杉田選手、11レースは白色1番の井上選手に注目して見ていなよ、車券買うんじゃないよ」

と、美津子は雄介に言われ表情だけ頷いていた。

6レースは三分戦の戦いで、北日本ライン、関東ライン、中部ラインの争いとなり、赤板から激しい主導権争い、まず北日本ライン3人が前に出て、関東ライン3人は引き、北日本ラインの後ろに入ったが、中部ラインが直ぐ巻き返し、4番手が競り合いとなり、スピードを増しながら第2コーナーを周り、北日本ラインの先頭はぐんぐん逃げにかかった。

その時雄介は、

「まずい、内に包まれる、杉田が出られない、バックで勝負に出れれば……」

と、呟いた。

第3コーナー手前で中部ライン3人が先頭に迫り、激しい主導権争いとなり、関東ラインの先頭選手は第4コーナー手前から最後のチャンスと見て内を突き、猛然と出て、杉田は関東ラインの2番手を死守し競り合いをしながら位置を確保して、直線に向いた。

「行けっ！　杉田、出ろ！　飛ばせ！　行けっ！……」

ゴール前の競いに対する観客の声が飛ぶ、罵声が場内から上がる、競馬場とは違った様相である。

レース結果は、1着が中部ラインの選手で、杉田はゴール前良く伸びながらも2着となり、配当は、連勝単式、1―3で3510円となった。

「ウーン、裏目千両か、3―1は買っていたが、外れた、残念！　まあいっか、次は11レースを楽しみにしよう」

美津子は、雄介の素振りや言葉を聞いていて、

「雄介、楽しそうだね、生き生きしているんだよ、昨日、今日の雄介の様子は。これまで私が見たことのない表情だよ。心躍る様子だね、人間の喜びの心を見ているようだよ」

雄介は、首を傾げながら美津子の顔を見て、

「面白いこと言うね、『人間の喜びの心』なんて、強く生きないと現代社会は落ちこぼれてしまうよ。僕は『美津子の心』がよく分からないんだよ、でも、こうなったんだから、これも人生だね」

と言いながら、7～10レースを観戦し、いよいよ第11レースとなった。

雄介は、途中で美津子の手を引いて競輪場の場内を案内した時に、美津子は車券の買い方を雄介に聞いていた。

第11レースは井上が優勝を飾り、2着もラインの地元選手が入り、配当は1―7で550円と堅く収まった。

美津子は雄介の助言から、井上流しで各1万円買っていたが、550円の配当であったため、3万5千円のマイナスとなったが、雄介は1―7を厚めに買っていたので、10万円位プラスで、6レースの2万円負けを引いてトータル8万円位のプラスとなった。

雄介は、久し振りに競輪をやれたことで気分がよく、美津子を誘って池袋の、「サンシャイン60」で食事をしながら東京の夜を楽しんでいたら、美津子がポツリと言った。

「雄介は競馬、競輪をしていると、人が変わったように生き生きとなるんだね」

雄介は、この二日間ですっかり、もう一面の人間性を美津子に見られてしまい、

「僕の夢なんだよ、いつか『全国競輪場巡り』をしたいと思っているんだよ」

と、打ち明けた。

「私も一緒だよ」

「ウーン、勝負事は一人の方が集中できるんだけどね、実現するかな……」

雄介は、六〇階のレストランの窓から東京の夜景を見つめ、心の中に芽生えつつある夢を、うれしそうに美津子に語っていた。

夜一一時頃ホテルに戻り、二人はベッドの中で話し合い、これからの行き先を、札幌に決めた。

それは、札幌は、

・二人とも行ったことがない
・大都会である
・大自然が残っていて、人情味ある地域ではないだろうか
・「カップルよ大志を抱け」

等、単純な理由で決めたのであった。

次の朝、雄介と美津子は上越新幹線に乗り、途中で美津子の実家のある燕・三条で下車し、一時間ほどで用を済ませ、また新幹線に乗って、新潟へ行き、駅前のホテルで一泊し、小樽行きのフェリーで札幌に向かった。

札幌、桃子と龍司親分

札幌

二人は札幌に着いてから、直ぐに不動産屋に行きマンションを借りた。

最初の一カ月位は、生活道具を揃えたり、市内見物をしたりして過ごし、

「一年くらいはブラブラしていても生活費はなんとかなるだろう」

との思惑があり、所持金は二カ月位たった頃には、まだ一〇〇〇万円位残っていたが、二人は働かずにいたため不安は付きまとっていた。

札幌へ来て半年位過ぎた頃のある日、美津子が、

「雄介、なにか金儲けしようよ」

雄介は、

「そうだね、働かなくてはいけないね。でも素性を明らかにする訳にはいかないので働くところ難しいと思うよ」

と、ベッドに入りながら話し合っていた。

雄介のセックスは、テクニシャンではないが、女性を魅了する内容を持っていて、その内容に康子、美津子は魅了されてしまった。

雄介のセックスは、自らは攻めないが女性から求められれば、余程のことがない限り断らないし、とことん最後まで付き合うのであった。

雄介は、中肉中背で母親似の丸顔で、一見おとなしそうな感じではあるが、身に付いた社交性があり、一緒に話をしていると、なぜか安心感を抱かせ、人の心を癒す一面を持っていた。それは、父雄太朗譲りなのか、雄介の人望として、男女を問わず羨ましがられる人柄であった。

雄介は労働金庫にまともに勤めていれば、あと三～五年で支店長、将来は重役をも望める勢いであったが、美津子との出会いにより人生が大きく転換することとなった。

雄介はプレイボーイではなく、職場では仕事に徹し、ごく普通のサラリーマンであったが、しかし、迫られると、

「いやと言えない、人のよさ」が災いしたのだろうか。

雄介にはすばらしい胸毛があり、それを見た女性が瞬間に陶酔してしまい、それと、そそり立つ男性自身を見せられ体験すれば、もう多くの女性が虜になり、女性が攻め続ければ、雄介はそれに応えるので、雄介と一度関係を持てば、大概の女性は人生を狂わしてでも一緒にいたい気持ちになってしまうのであって、その典型が美津子であった。

ある日、雄介との合体を、美津子が面白半分にビデオで写し、写真にして同じマンションに住む奥さんが遊びに来た時に見せたところ、

「うわ！　ステキ、この写真売ってよ」

と頼まれ、テープを付けて一万円で売れたのだ。

雄介はこの話をヒントに、三枚一組として三〇〇〇円で、「美津子との合体写真」をススキノの路地で、酔った兄さんを相手に声をかけて売ってみた。

「いい写真ありますよ、買ってくれませんか？」

最初は、もじもじしながら話しかけると、酔った客は、

「ニイチャン、よく見せろや、いい写真やねえか、いくらだ」

「三枚組で、サン、三〇〇〇円でお願いします」

と言いながら売っていた。

そして、やがて客からの要望もあり、ビデオも一巻五〇〇〇円で売り始めた。

美津子との合体写真も、当初うまく売れ、さらに色気を出して大量印刷をと考え、グラフィックプリンターやテープのダビング装置を約五〇〇万円出して揃えたが、写真は同じ場所で長くは売れず、一週間位で売り場を変えなければならなかった。

それでも、二カ月ほどで二〇〇万円以上は稼げたのであるが、逃避行の気ままな生活であるので、お金は飛ぶように出ていった。

桃子との出会い

雄介は写真を売り始めてから三カ月位たった日に、いつものように午後九時頃から札幌の街へ写真を売りに出た。

やがて、「美津子との合体写真」を雄介が売っていることが、地元のヤクザに知れることとなり、ススキノの路地で若い者が雄介に声をかけて来た。

「ニイチャン、ええの持ってると違うか、俺に見せてくれや」

雄介は、咄嗟にヤクザと分かったので、危険を感じ逃げようと思ったが、すでに両脇を抱えられていて、

「どこの組の縄張りだと思ってんや、おまえ素人か、アホか、こんなもんで儲けができるんなら誰も苦労はせんわ、ちょっと付き合ってもらうで」

ヤクザ二人が、逃げようとする雄介をドツキながら組事務所へ連れて行った。

「雄介一大事」

である。

雄介は喧嘩を好まない生き方をして来ているし、なんとか逃れられないかと必死に知恵を巡らしながら、

「すみません、勘弁してください、駆け落ちで生活に困ってしまい、連れとの写真を売っただけですので……」

「なに！　この写真はオマエとスケか、いい身体してるんやないけ、スケもいいけど、オマエの胸毛見事やな、一寸見せてみぃ」

ヤクザは雄介のジャンパーとシャツを剝ぎ取り、上半身を裸にした。

「オオー、いい胸毛してるんやないけ、オマエ、スケコマシやらんかい、使えるで」

この会話を組事務所の奥で、桃子が聞いていた。

桃子は組親分の妻で、親分に頼まれ麻雀店の資金を組事務所に取りに来ていたのである。組員の会話を聞きながら、カーテン越しに雄介の胸毛を見た。

見た瞬間、桃子の身体が疼いた。

「どうしたのよ、素人に手を出すんじゃないよ、何したのこの兄さん」

「女将さん、聞いてくださいよ、この野郎、所場荒らしなんですよ、ヤキを入れようと思い、連れて来たんです」

雄介は咄嗟に閃いた。

「この女の人に気に入られて、難を逃がれるのが唯一救いの道ではなかろうか」

雄介の勘の良さであろうか、女将の顔を見て笑顔を作り、

「すみません、助けてくださいよ、何も分からなくて生活の金に困ってしまい、つい写真を売ってしまったんです。連れが病気で寝ているものですから、助けてください」

雄介が言うと、ヤクザが、

「なに寝ぼけたことを言ってるんや、女将さんになんで頼んでいるんだ。アホが、バカタレが、

スケが病気だと、なにとぼけたことを、スケを連れてこい、稼がしてやるわ。この野郎半殺しにしてやろうか」

このやりとりを見ていた桃子は、身体がなぜか異常に熱くなるのを感じながら、

「ちょっと待ちな、いつまで裸にしておくんだよ、お兄さん、シャツを来てここに座りな」

雄介は内心、

「しめた！」

と思いながらも、あえて胸毛を桃子に見えるようにして、弱ったような顔をしていたら、

「おんどれ、早よシャツ着れや、運のいいヤツやのう、そこのソファーに座れ」

雄介はヤクザにソファーの方へ突き放され、その瞬間、桃子が意識的なのか、雄介が意識したのか、ソファーの前で桃子と抱き合う形になって、倒れ込んだ。

桃子が上になる形で胸を合わせ、ヤクザはあっけにとられ、二人の仕草を見ていた。

その時電話のベルが鳴り、ヤクザが受話器を取り、

「女将さん、親分からです」

「何やってんや、早く来んかい、大事な銀行のオエライさんと麻雀打ってるのに、おまえがいなくて困ってるんや。それと、もう一人麻雀の打てるやつを至急連れて来い、北幌労金の理事

「そんなことはどうでもいいから、さあ、雄ちゃんここに座って」

雄介はこの場で龍司親分と知り合うこととなる。

「熊野雄介と申します、よろしくお願いします」

労金の営業で鍛えた社交のセンスは自然な形で身に付いていた。

このやり取りを聞いていた親分が、

「面白いヤツやな、ワシの知らないヤツでママの知り合いで、労金理事長の顔見知りだなんて。まあいいや、こちらの頭取お二人さんがお待ちなんだから、麻雀を続けようや、話は後だ」

権戸平理事長は時計を見て、

「申し訳ない、これで失礼しますので、途中だが熊野君に代わってもらいます、後はよろしく」

桃子が、

「そのために雄介さんを連れてきたのよ、さあ雄チャン打って」

「熊野君、また機会を見てね、この場は私につけておいていいから頼むよ。でも、不思議な出会いだね」

と言って、権戸平は桃子の見送りを受けながら店を出て行った。

それから三時間ほど麻雀は打ち続けられ、雄介は人生の大切な場面であると直感し、持ち前

の人懐っこさを直ぐに発揮しながら、和気あいあいの雰囲気を作り打ち続け、すっかり雰囲気にとけ込み、

「人間万事塞翁が馬」

と、心の中で呟いていた。

半荘六回で打ち上げとなり、成績は雄介がトップを二回取り、五万円位勝ったが、雄介は受け取れないと断わったところ、親分が、

「権戸平と飲めばいいんだよ。それにしても、雄介君とやらは、人の心を和ませる天性のものを持っているね。よかったら俺としばらく付き合わないかね、気に入ったよ、これからママと三人で飲みに行こうや」

雄介と麻雀を打った二人の頭取も、別れ際に雄介と握手をしながら、

「こんなに楽しい麻雀を打ったことはこれまでなかったよ、ぜひまたやりたいね」

と言って別れた。

龍司親分との出会い

桃子は、この日初めて会った雄介を連れて、親分と三人で札幌郊外にある親分の息のかかった割烹「三葉」に行くと、板長が出迎え、すでに料理が並べられていた。

雄介の運命は、思いがけない方向に進んで行き、その後、雄介は龍司親分のはからいにより、札幌の中心街にある3ＬＤＫの高級マンションに美津子と移った。

雄介は不動産会社の会計担当を、美津子は宝石や時計の高級店へ販売員として龍司親分の紹介で勤めた。

雄介と美津子は半年ぶりに仕事に就いたのだが、美津子は最初の日から違和感を背負っている感じで、

「親分の息がかかっているんだよ、気を付けなきゃ」

と周りの人の囁きが聞こえてくるのであった。

雄介の仕事は不動産会社の会計担当であるが、実態は、「組の金庫番」である。

雄介は持ち前の明るさで組の仲間に次第にとけ込んで行くが、美津子は精神的に耐えきれず、

一カ月ほどで宝石店を辞めてしまい、その後、自分でスナックの店員募集を見つけ勤めることとなるが、雄介とはすれ違いの生活が多くなり、二人の心は次第に離れていくこととなる。

雄介の勤めた不動産会社は、龍司親分が会長になっているので、雄介は金庫番として親分の意向に沿って行動すればよく、仕事的には労働金庫で身につけた知識で十分対応でき、特段の不満はなかったが、仕事が終わる夜の七後頃になると、必ず桃子からの誘いがあった。

表向きは、「麻雀店のメンバー及び手伝い」であるが狙いは他にもあった。

雄介は、札幌で組親分の妻桃子に気に入られてしまい、桃子は雄介を毎晩のように麻雀店に来させて、

「雄ちゃん、一緒に打とうよ」

と、桃子から麻雀に誘われていた。

雄介も、エロ写真とビデオの販売で生活していた時に比べれば、はるかに裕福な生活ができ、また、時間的に持て余していたので、麻雀店に入り浸ることになるが、それも苦にはならなかったし、桃子が時々一〇万円単位で雄介に小遣いを渡してくれていたので、お金にも困らないで、満足していた。

雄介は、桃子と龍司親分との出会いにより、札幌にこれから一年間位住むことになる。

龍司親分の生い立ち

龍司親分は、北日本に勢力を持つ北海道では一番の組組織で、政界、財界にも人脈があり、筋の通った親分として全国に名が知られていた。

龍司親分は、利尻島で漁師の息子として生まれたが、漁師を継ぐことを嫌い、高校を卒業すると直ぐに、家を飛び出して札幌に来た。

龍司が利尻の家を出る時、母が心配して引き留めようとしたが、龍司は、

「かあちゃん、心配いらんよ。俺、丈夫な身体貰ったから、かあちゃんこそ元気でな」

と言い、バッグ一個を持って港へ歩いて行き、札幌に向かった。

龍司の家は、漁師の元締めをしていたが台風で船が転覆してしまい、その弁償に資産や家財道具を全部処分して当てたので、家には小型の中古漁船一艘あるだけで見すぼらしい生活状態になっていた。

龍司はこの事故以来家にいるのが嫌で、ほとんど友達の家に遊びに行くか、海に潜ってコンブや魚介類を取っていて、父親と一緒に行動することを、ことごとく嫌った。

龍司は子供ながら漁の腕が良く、小学生の時から大人顔負けの量を取り、また、取った魚介類を同級生らを使って売り捌くのがうまく、龍司の交渉力、商才は子供の時から目を見張るものがあった。

龍司の家には、船の転覆以来弁償に関していろいろトラブルが続いていて、飲んだくれて抗議に来る者やヤクザ紛いの取立屋もいて、父親が病気で寝ている時など、母が謝るのであるが、なかなか帰らない時は龍司が出ていき、取立人を外へ出しうまく話をつけて帰してしまうのである。

「病に響くので表に出て貰おうか、おまえさんも人の血が通っているんだろ、俺が頼んでいるんだよ、今日はこれで帰ってくんな」

と言って、一、二万円お金を渡すのである。

龍司が漁でお金を本格的に稼ぎだしたのは、高校三年生になってからで、ほとんど学校へは行かないで海で漁をしたり、利尻の海産物を買い付け、友達の兄を使ってトラックを走らせ、東京へ行って売り捌いていたのであった。

海産物を売り捌く時の交渉は龍司がすべてやり、売り先は仲買の業者か、大手スーパーの責任者で、事前に電話を入れておき、品物を見せながら直接値段の交渉をするのであった。

朝の早い時間、五時頃が勝負であり、

「いいコンブだよ、どうだね」

先ず、なにげなく利尻コンブの一番取りを出す。

利尻の一番コンブはなかなか一般の市場では手に入らない上物であり、雄介は、保管に気をつければコンブはますます良くなることを知っていたし、腕のいいコンブ漁師と顔見知りになっていて、上物を手に入れていたので品質には自信があった。

それと、アワビとサザエを活きたまま輸送できる、特製の水槽を用意して商談に出かけるので、仲買や料理人は、雄介の差し出したコンブを見て、

「これはいい品物だ、どのくらいだね」

と、話しかけるので、龍司はこのタイミングを逃さず、

「気に入った、あんたさすがプロだね、いい目利きをしているよ。まとまった取り引きがしたい、こっちのアワビとサザエも見てくれないかね」

とすぐに水槽のところへ連れて行き、アワビを二、三個取り出して見せる。

「上物だね、あとは値段だよ」

買い手は言うので、

「俺は年に四、五回くらいしかこれないんだよ、極上品を特別のルートで手に入れるんだから、誠心誠意の取り引きをしたいんだよ」

このような会話をしながら、買い手の業者はトラックに積まれた品物を見て、引き込まれるように品定めをするのであった。

「こんなにいい品物を、よく持って来れたね」

こんな言葉が出れば龍司にとってはしめたものであり、

「日本一のコンブとアワビ、サザエだよ」

自慢げに言いながら、どんどん見せるのであり、品物は極上品なのである。

「ここで全部売りたい、まとめての商談がしたい」

龍司からは、値段を言わないのが商談の戦術なのである。

龍司はあこぎな商売はしないが、儲けは多いに越したことはないのは当然であるので、腹の中では卸相場の八掛けを計算して交渉をする。

「品物はいいが、全部だと量が多いね」

この言葉が、また、龍司の頭に入っている想定問答の内容であり、

「ここでまとまらなければ、あと一〇分で次の業者の所へ行くからね、誠心誠意いい品物持っ

てきてやったんだよ」

この言葉で大概の業者との商談はまとまる。

「分かったよ、あとは値段だね」

龍司が間髪を入れず交渉を一気に進め、

「コンブ何キロ、サザエ何個、アワビ何個、全部まとめて商売したい」

「威勢がいいね、気に入った。五〇〇〇万円でどうだ」

龍司は何気ない顔をして時計を見る。

「その金額じゃ利尻へ帰れないよ、品物が違うんだよ」

このやりとりが商売の駆け引きであり、一声で一〇〇〇万円が違ってくる。

品物がいいのは業者も承知のやりとりであるが、龍司が正規の販売ルートでないため業者は買い叩きたいのである。

「社長、あと三分でまとまらなければ、他の業者を当たるよ。利尻の命がかかっているんだよ、買う？　買わない？」

少し強気に出る。

龍司は高校三年生であるが、がっしりした体格と、凄みのきく顔をしており、大人顔負けの

交渉能力を持っていて、

「あんたには負けるよ、すごいよ、分かった。祝儀も入れて六〇〇万円でどうだ」

すかさず、龍司が業者の身体に手をやり、

「気に入った、それでいこう、今後もあるからね」

と言って、同級生の仲間を呼び、積んできた品物を手際よく店に運ばせる。

そして、仲間に命じ運転席のダンボールを一個持ってこさせ事務所へ行き、

「いい商売ができてうれしいよ、これ俺の気持ちだよ。従業員に分けてやってね、売るんじゃないよ」

干しアワビと干し貝柱が詰まっている袋を差し出し、従業員に渡してやる。

「これだって、極上品だよ、俺の気持ちだよ、皆さんにね」

周りの従業員に聞こえるように振る舞うと、従業員がさらに寄って来て賑やかになる。

これが龍司の狙いのやり方なのである。

「食べてみなよ、利尻の天日干しの特製だよ」

食べさせればしめたものであり、品物の良さには自信があるので評判になり、龍司の印象が格段に良くなり次回に繋げられる。

「この貝柱うまいね、もらえるの、うれしいわ！」

もう、龍司のペースである。

「社長、儲けてさらに従業員喜ばせなきゃいけないよ。次回は何時来れるか分からないんだから、仕入れが難しいんですよ、いい品物は」

「あんたには、負けちゃうね、商売うまいんだから……」

こんな会話を交わしてお金を受け取り、商談を終えて帰りの時には従業員が手を振って見送るってくれるのが龍司には、また嬉しかった。

龍司は、高校三年生の時から同級生を使って東京に直接売りに来ていた。それは海でコンブやアワビ等を漁って地元の漁業協同組合へ持って行っても、儲けが少なかったし、大したお金にはならなかったからである。

龍司は高校三年の春に、修学旅行で東京へ行った時、旅館から朝早く一人抜け出して築地の卸売市場へ見学に行った。

それは、利尻のコンブやアワビが築地市場で、どのくらいの値段で売買されているのか知りたかったからである。

修学旅行で、龍司にはある思惑が浮かんだ。

「築地市場へ行って値段を確かめよう」

修学旅行の最終日の朝早く築地へ行き、海産物店の前で立ち止まった。

「こんなに悪いコンブでも、おいらが漁協に売っている値段の三倍もするのか、自分で捌ければどのくらい儲かるか楽しみだな」

龍司には天性の商魂が備わっていたのであろうか、ゾクゾクとするものを身体に感じると共に居ても立ってもいられない気持ちになっていた。

修学旅行に出発する際、リュックサックの中に自分で取って干した利尻のコンブを一束入れてきた。

「何かの足しになるだろう」

と思って持ってきたのである。

龍司は、築地市場にある海産物店の前に並んでいた品物を見ていたら、女性店員が声をかけてきて、

「僕、どこから来たの？　お土産買いに来たの？」

龍司は少し戸惑いながら、

「利尻だよ、あんたに頼みがあるんだけど……」

リュックの中からコンブ一束を出し、

「これ、どのくらいの値段で売れるのか教えて？」

とコンブを店員に渡した。

「面白い子だね、僕なにか困ったことがあるの？」

店員が龍司の渡したコンブを見ながら話しかけたので、

「ええ、僕のお父《とう》が病気で倒れてしまい、母ちゃんも身体が悪いし生活に困るもんだから、少しでも稼ぎたいと思ってるんだよ」

「ああら、いいコンブじゃないの、これはね、ちゃんと包装して生産地の印刷が入っていれば上物として売れるよ」

龍司は嬉しくなって、希望が一気に開けた思いがしたので、

「ありがとね、今の言葉俺うれしいんだよ、そのコンブあげるよ。今度いっぱい持ってくるから買ってくれる？」

龍司が言うと、店員は戸惑いながら、店の奥にいた女将を呼んで龍司とのやりとりを伝えると、女将は龍司のコンブを見て、少し千切り、口に入れ、

「あんた、どうして東京に来たの？　それで、このコンブどこで手に入れたの？　利尻でいく

らで売っているの？……」

等と質問された。

女将が商売柄相手の信用を確かめるのは当然であったし、また、龍司も信用ができれば商売の道が開けると考えていたので、品物は絶対の自信があるものを持ってくることを肝に銘じていた。

「利尻だよ、修学旅行で来ていて、どうしても築地の海産物店でコンブの値段が知りたくて抜けて来たんだよ。そのコンブは俺が取って、母ちゃんが干してくれたんだよ、値段はここに売っているコンブの三分の一以下で漁協に出しているんだよ」

店の女将は、龍司の話し方を聞いていて、直ぐに同情心が出てきた。

龍司は、嘘は嫌いな性格であり、熱意を持って人に接し真剣に話をするのである。

女将が言った。

「僕、おなか空いてんでしょう。こっちへ来なよ、今、団子作ったから食べなよ」

龍司は喜んで食べて、

「この恩忘れないよ、女将さんありがとね。ところで、俺のコンブいくらくらいで買ってくれるの」

女将は、少し考えていた。

それは、まだ龍司が学生であることに対してである。

「僕ね、品物は全部見ないと値段は決められないのよね、この一束は五〇〇〇円で買うから、今度来るときは連絡してから来てくれる?」

龍司は、信用されていないことを咄嗟に悟り、

「女将さん、分かったよ、来月の第三月曜日にトラックに積んで持って来るよ。値段の交渉はその時でいいよ、この一束は団子のお礼に取っておいて」

龍司は急ぎ足で去ろうとしたら、女将が追って来てバナナを一房持たせてくれた。

「この恩は忘れないよ」

お礼を言いながら龍司は上野駅に向かった。

修学旅行の帰りの列車が出発する時間が迫っていて、龍司が上野駅の集合場所へ着いたのは、決められていた集合時間の一〇分前であった。

龍司は先生の気勢を制するように、担任の先生の前に行き事情を正直に話し、そして、

「後でゆっくり相談に乗って貰いたいことがあるんです」

と言って、その場を収めた。

龍司は、列車の中で同級生から、龍司がいなくなり大変な騒ぎになったことを聞いたりしながら、同級生には築地での交渉内容を得意げに話してきかせた。

同級生と話をしている時に、クラスは違うが、龍司と同じ利尻に暮らしていて、時々漁協で顔を合わせている五郎が話に加わってきた。

この五郎と龍司は、これから名コンビとして北海道では押しも押されぬ、「龍五一家」を立ち上げて、札幌を本拠地に活躍していくのである。

列車が走り出し、少し落ち着いたころに龍司は先生が集まっている席に行き、

「この、バナナ食べてください、貰って来たんです、お詫びの償いですよ、よろしく」

押しの利いた声で一方的に話し、バナナを先生に渡し席に戻った。

列車の中で、龍司と五郎は意気投合して話が弾み、五郎が言った。

「俺の兄貴が、トラックを自分で持って仕事しているから、何とかなるぜ。やろうぜ、利尻のブランドを大切にしながらよ、龍司、俺力合わせるぜ」

「よし、分かった、やろうぜ」

五郎は柔道部に属し、喧嘩は強く、また、持って生まれたユーモアを持ち合わせ、両手を回しながら、

「指導！　指導！」

と言うのが得意だった。人を引きつける人間味を持ち、女生徒にも人気があり、

「吉本興業へ行っても使えるよ」

なんて言われることもある程の愛嬌を兼ね備えていた。

二人は列車の中で、堅い握手をした時に、思わず五郎が、

「龍司、おまえもの凄い握力しているな、喧嘩強いんだろ、俺も力は強いと思っているが、おまえには負けそうだな、いいよ、俺がおまえの子分になるよ」

うれしそうに龍司が、

「俺は、喧嘩は嫌いだし、もめ事はお父のことで嫌と言うほど経験させられているんだよ。金の心配のない生活を夢見ているんだな、希望はでっかく持って行こうぜ」

そんな会話を二人は交わしながら、利尻への帰途となった。

そして、龍司は築地の海産物店の女将と約束をした翌月の第三月曜日に、五郎と打ち合わせて五郎の兄貴に頼んで、トラックを築地に向け走らせた。

龍司は、修学旅行の翌日からほとんど学校へ行かなくなり、龍司の頭の中は、築地の海産物店と如何にして商談を成り立たせるかを考え続けた。龍司の構想では、この築地への商談の成

否が、将来の二人の前途に大きな影響を及ぼす予感がしていたのである。

龍司は夜も寝ないで考えたり、昼は利尻の島内を回っていいコンブと、話に乗ってくれる漁師を探し歩いた。

龍司は必死であったが、資金がないので、多くの漁師は最初は相手にしてくれなかった。しかし、龍司はここだと狙いを定めた漁師には、とことん通い続け、その中に腕のいい漁師が一人いた。

この漁師は、地元では偏屈者で通っていて、漁協を相手にせず独自のルートだけで利尻コンブの販売を行い生計を立てていた。

その漁師は、商売っ気はあまりなく、唯ひたすらにいい一番コンブだけを取り、それを丁寧に天日干しにして出荷するのであった。

出荷先は福井県の海産物問屋一社だけで、コンブの出来が悪いとすべて捨ててしまうこともあり、収入がない月もあったりした。生計に困ると、娘が三人いて、長女が龍司と同級生で、家の手伝いのために学校へ来れないこともあることを龍司は知っていた。

だが、この漁師のコンブは利尻でも極上品であり、毎年福井の海産物問屋の旦那が表敬訪問する光景を龍司は見ていた。大きなお土産の袋を持って来て、子供達に文房具や小遣いをやるので、福井の旦那が来たことは、同級生の長女の表情を見ているだけで龍司は分かった。

長女は礼子と言い、物静かな頑張り家で運動神経が良く、陸上競技の選手としての素質があり、中学二年生の時に中学生陸上北海道大会の四〇〇メートル競走で優勝するほどであったが、家庭の事情で陸上部を続けることができず、コンブ漁が忙しくなると学校を休み手伝っていた。

ある日龍司が、コンブを分けて貰うため礼子の家に行った時に、この日は強風で海が荒れていてコンブ漁は危険であったが、礼子の父はコンブ漁の出来が一番いい時期であることから強引に船を出し漁を続け、娘三人を手伝わさせていた。

娘三人が、父の取ったコンブを海から船に引き上げる際、大波がきて三女の桃子が波にさらわれてしまい、礼子の父が泳いで助けようとしたが、桃子は沖へ流されて行ってしまった。

その時龍司が通りがかり、海に飛び込み、素早く沖に泳いで行って桃子を助けたのである。

「人命救助」

のこの一件以来、礼子の父は龍司にコンブを提供するようになって、龍司も商売が軌道に乗ることとなった。

この事件以来、桃子は龍司を、

「命の恩人」

として、龍司の手伝いをするようになり、やがて夫婦となる。

龍司は礼子の方が好きであったが、桃子が献身的に龍司の世話をして寄り添ったので、いつしかどこへ行く時も一緒に行動するようになって、やがて結婚した。

桃子は気だてが良く細面で、これはと思う男性にはとことん尽くすタイプであり、龍司の支えとなってこれから連れ添うのであった。

札幌での日々

割烹「三葉」の板さん

割烹「三葉」は小綺麗な料理店で、中庭を囲んで小部屋が一〇部屋程あり、落ち着いた雰囲気の割烹である。板長の名は健太と言い、日本料理界でも名の売れた東京築地の料亭で鍛えあげた腕を持っていた。

健太は築地の料亭で修業していた時に、店に来たヤクザと喧嘩になり、健太が包丁を使ってヤクザ三人を相手に一人で渡り合い、ヤクザに怪我を負わせ警察のおとがめとなってしまったことがあり、この喧嘩が原因で、健太は築地の料亭から姿を消すこととなるが、縁は異なもので、やられたヤクザの親分がこの健太を気に入ってしまい、札幌へ世話をしたのである。

喧嘩をしたヤクザの親分が警察から連絡を受けて事件を知り、警察に駆けつけ、刑事課長から話を聞いたとたん、子分に、

「バカタレ、ヤクザ三人が一人の真っ当人にやられるとはなにごとだ！」

えらい剣幕で怒鳴ると、刑事課長が間に入って、

「ここは警察の中だ、静かにしろ。それで親分、板さんはこのままだと銃刀法違反と、傷害罪になるが被害届はどうするね」

と、投げかけると、親分はすかさず頭を下げ、

「ヤクザが被害届だなんてあったもんじゃないよ、それも三人のヤクザが一人にやられたなんて恥ずかしくて……。それで課長さん、お願いなんだが、あの板さんに謝りたいので会わせてくれないかね、頼むよ課長さん」

親分と刑事課長は何度か顔を合わせていて、お互いに腹は分かっていたので、

「それじゃ、双方にお灸をすえて帰ってもらおうか」

と言いながら、板前の取調室に課長自ら行って、調べ官を呼び、

「本件は収束、板さんをワシの席に来てもらってくれ」

刑事課長は席に戻りながら、

「親分気を付けてくれよ、こっちも忙しいんだから、頼むよ。ところで板さんと会ってどうするんだね」

親分は、

「刑事さんには申し訳ないね、こんなカスの件で手を煩わしてしまい、お礼は必ず……。刑事さん、ワイはあの板さんが気に入ったんですよ、ウチの子分三人と板さんを入れ替えようと思いましてね」

「バカ言ってんじゃないよ、会わさせないぞ」

そこへ、板さんが課長の所へ調べ官と一緒にやって来た。

課長は、親分の目を避けさせながら健太を警察の応接室へ連れて行き、

「板さん、迷惑だったな、でも、おとがめなしで行くから悪く思わないでくれよ。ところで、喧嘩相手のヤクザの親分が、おまえさんに会いたいと言っているんだがどうするね」

健太はすかさず、

「何の話ですか、嫌ですよ、ヤクザは嫌いです」

「それでは、断るか、分かったよ」

課長が親分の所へ行こうとした時、健太が少し大きな声で刑事に、

「刑事さん、オレ困ってるんですよ、もう築地の店には戻れないんです。主人から喧嘩はするなときつく言われていますし、料理人が包丁を持って喧嘩に使うことは許されない行為であり、もう料理人としては生きていけないんですよ」

二人の話を親分が聞いていて、課長に合図をしながら、

「課長さん、よろしいですか」

親分が応接の椅子に座った。

「板さん、悪かったな、俺の顔に免じて勘弁してくれよ」

「うるせぇ！　ヤクザは嫌いだ、俺の人生を駄目にしやがって。俺と会ってどうしようと言うんだ」

「お詫びのけじめがしたいんだよ、どうだい、刑事さんと板さんが一杯やってるところへ俺が行くと言うのは」

課長が頷いていると、健太が、

「俺、腹が空いたよ。そして、もう帰るところがないんだよ」

と言うと、刑事課長はすべてを察してたのか、健太を少し待たせ、親分と二、三言交わし私服に着替えて、健太を連れて赤坂の料亭へ案内した。

「課長さん、私は定食店でいいんですよ。この店は私の店と肩を並べる日本料理では高級店なんですよ」

そんな会話を交わしているところへ、親分が入って来て、

「板さん、気に入ったよ、俺が面倒見るよ」

その後、健太は、親分の配慮で札幌の龍司親分に紹介され、料亭「三葉」の板長を任されることとなったのである。

桃子と雄介

ある日、雄介は麻雀を終え店を出ようとしながら、

「女将さん、今日はありがとうね、いい勝負ができたよ、お休み」

と言って、ドアーを開け帰りかけたところ、突然桃子が雄介にとびついてきて、

「雄ちゃん、ちょっと待って、付き合って、いいでしょう?」

雄介は、戸惑いながら、

「ええ、女将さんいいんですか?」

断れない性格から言ってしまった。

桃子は、すでに四〇歳を超えていたが、水商売もこなしていることもあり、男扱いのつぼは心得ていて、

「いい店知っているの、おいしいもの食べに行こうよ、私の車でね」

桃子は、さっと身支度をして店の戸締まりを終え、雄介の手を引いてビルの地下にある駐車場へと向かった。

桃子は麻雀店近くにあるフランス料理のレストランに雄介を連れて行き、一時間ほど食事をした後、モーテルに誘った。

モーテルでの桃子の燃え方は激しく、龍司親分がしばらく相手をしてくれていないせいもあるが、桃子にとって親分とのセックスには、もう、燃えるものはなくなっていて、身体を持て余していた時に雄介との出会いがあり、雄介の胸毛を見た瞬間に桃子の身体は疼いていたのである。

それと、桃子にとって雄介は好みのタイプだったのだ。

やがて二人の関係は、龍司親分の知れるところとなるが、龍司親分はむしろうれしい気持ちでいたので、ある時、龍司親分から雄介に、

「雄介、迷惑だろうが桃子に付き合ってやってくれよ、俺が可愛いがってやらねえからいけねえんだよ。それにしても、おまえはいい胸毛しているな、それと、天性の明るさがあるよ。まあ因縁だ、悪いようにはしないよ、好きにやってくれ」

その後、雄介と桃子は親分公認の仲となり、桃子と三回目の夜の出来事だった。

桃子は二時間位燃えに燃え、十分堪能しモーテルの部屋から出て車に戻ったところで、思わず叫んだ。

「しまった！　車のカギを付けたままロックしてしまった。困ったわ」

雄介は、大概のことは楽観的に捉える性格であり、桃子に、

「キーの会社に連絡して、来てもらいますので、女将さんは部屋に戻っていてください」

素早くモーテルの受付に行き、チップを千円やり、連絡を頼んだ。

一五分ほどして、三〇歳前後のキー会社の男性がやって来て、五分ほどで車のドアを開け、料金は五〇〇〇円であったが、雄介は、

「さすがプロだね、これ料金と気持ちね」

と言って、一万円を渡したら、カギ師は喜んで早々に引きあげた。

雄介は、車のカギを抜いて桃子を迎えに行こうとした時、ふと車のドアの下を見た。

「なんだ、この先が九の字に曲がったカギみたいのは……、さっきのカギ師が落として行ったのか」

雄介が見つけたのは、カギ師の命といわれる「万能カギ」であった。

普通のカギ（車を含む）は、この「万能カギ」で大概開くのである。

カギ師の場合、この「万能カギ」は奥の手として使用し、最初はいろいろなカギをお客に見せ、さもプロでないと開けられないように思わせ、その上で合いそうなカギを探しだし、カギの当たり具合をみる。

この当たり具合がカギを開けるポイントなのであり、カギ師のやり方は、最初の一、二分位は類似カギで当たりを見て開錠を試みて、それでも開かない場合は「万能カギ」をお客に分からないように出して、さっと開錠する。

素早くカギ穴に入れ、あらかじめ探っておいた当たりに合わせ「万能カギ」の先端を当て、瞬時に回転させると、ほとんどの錠は開くこととなる。

雄介は何気なく、その「万能カギ」をポケットに入れ、桃子を呼びに行き、桃子は雄介をマンションまで送って別れた。

この頃、美津子はホテルのピアノ弾きやスナックへのアルバイトで、夜も忙しい日々を送るようになっていたので、雄介とのセックスも気が乗った時以外求めなくなっていた。

雄介は、自分からセックスを求めることは、これまでほとんどないが、求められると断らないタイプであり、いつまでも、女性の要求に応え続ける強さを持っていたので、雄介とセックスを行った女性は、皆シビレてしまうのである。

これまでも随所に触れてきたが、雄介には、
・心が和らぐ人間性
・迫っても断らない安心感
・胸毛のすばらしさ
・とことん付き合ってくれるうれしさ
・くよくよしない楽天性
・趣味の多さ
が、接する人々の心を魅了させていたのである。

龍司親分の要請、女性一〇人

龍司親分は、札幌で水商売等の利権を握っていて、月に億を下らない利益をあげていた。

龍司親分が利権を握っている店は、

キャバレー　三軒
高級クラブ　二軒
麻雀店　五店
貸しビル　二三棟
料理屋等　一五軒
貸し駐車場　三五カ所
スナック、喫茶店　一八店
名産品店　二店
金融業店　七店
運送業社　五社
宝石店　二店

等であり、押しも押されもせぬ北海道の実業家でもあった。
特に、水商売では六〇〇人を超える女性を常に確保しており、全国の組関係者から、

「札幌の女性は気立てがいい」

との評判から、「斡旋」の話が時々寄せられるのであった。

雄介は、龍司親分のはからいにより、不動産会社「龍五商事」の金庫番として帳場を任されていたが、ある日、龍司親分から呼び出しがかかった。

「『三葉』で会いたい、頼みがある、組の車を廻すから直ぐに来てくれ、いいな」

と言って電話が切れた。

これまでの龍司親分から雄介への指示は、

「金持って来い」

か、

「麻雀に来い」

であったが、この日の言い方は違っていたので、雄介が思案しながら五分ほど待っていたら、組の若い者がリムジンに乗って迎えに来た。

「三葉」では、既に龍司親分が奥の小部屋で待っていて、

「久しぶりだね、雄介と一杯やるのは。まあ、やってくれよ」

と雄介に酒をすすめた。

既に、テーブルの上には板長が腕を振るって、見事な舟盛り等が並べられていて、龍司親分は雄介と一杯やりながら世間話をし、頃合いを見ていた。

雄介も龍司親分の性格は充分知っていたし、気楽な付き合いをさせて貰っていたので、成り行きに任せながら話に応じていたら、顔を合わせ三〇分ほどした頃、ポツンと龍司親分が話し出した。

「雄介、俺はいつも思うんだが、君と一緒にいると心が和むんだよ、すばらしい人間性を持っているんだな君は。真っ当な社会に生きた方が価値があるがね……」

「なんですか、いきなり。私はすっかり親分にお世話になり、どうやって恩返しをしたらよいか悩んでいるんですよ、少しは……」

「少しはかい、ところで、頼みがあるんだよ、ぜひ雄介になんだね」

「私にですか、龍司親分には大変お世話になっているし、できることであればですが、私は腕力は弱いし、喧嘩は苦手ですからその辺はご勘弁を……」

龍司親分と雄介が二人で飲むのは、久し振りであり、龍司親分はすっかり気分が良くなったところで、頼み事を打ち明けた。

「ところでだね、今月の末までに女の子を一〇人選んで、新潟の月岡温泉に連れて行ってほしいのだよ。新潟の親分から頼まれた。親分には三年前に競走馬の件で大変世話になったんで無下にできない義理がある。

条件は、

・一人五〇万円

・ヒモなし

・北海道育ち

・縛り二年（自由に異動できない期間）

・旅費と世話代は五〇〇万円

・マイクロバスと運転手付き

でどうだ、俺の店の女性から自由に選んでくれ。

それと、東京の親分から山梨の石和温泉に一五人頼まれているので、石和は若頭に言ってある。かち合うかもしれない、仲良くやってくれ、頼むよ」

龍司親分は、札束五つを雄介に渡した。

これが、龍司親分の雄介への頼みであった。

雄介は、札幌に来て一年間位龍司親分のお陰でそれなりの生活ができ、仕事と言えば、麻雀のメンバーと金庫番をしていただけで、マンション代は無料、月の手当として五〇万円ほど貰い、また、時々桃子から小遣いとして一〇万円くらい渡されるのであった。

雄介は、龍司親分からの依頼を受け、まず若頭にアドバイスを受けることとした。若頭も、同時に龍司親分から石和温泉へ一五人送り込むように指示を受けていたので、雄介の動きが気になっていた。

若頭は女性扱いがうまく、龍司親分の経営しているクラブやキャバレーの女性は、大概若頭の息がかかっており、女性の捌きはピカイチのテクニックを持っていた。

若頭は、龍司と苦労を共にした高校の同窓生の五郎で、性格は陽気で気持ちはさっぱりしていて頼りになる人物であった。

若頭は女性確保の手順を雄介に、

1　女性の素性を調べておく
2　個別に折衝する（仕事を終えてから誘い出し、料理店等へ行く）
3　車で送ってやる（車を持ってない場合は、タクシーを利用する）
4　話を聞く振りをして、いろいろ相談に乗って優しく接してやる
5　お金や縛りの話は最初からしない

6　一人落としたらその女性の友達を誘う

等を教えた。

雄介と若頭はこの道においては「月とスッポン」の違いがあり、龍司親分もそのことは百も承知していて、組の将来を考え雄介に頼んだのである。

龍司親分は、あらかじめ若頭に雄介の面倒を見るよう指示していたが、雄介の技量を見るために最初の一〇日間は一人で自由にやらせることとした。

雄介は久しぶりに悩んだ、しかし性分として、

「なんとかなるだろう」

と、若頭からのアドバイスを頭に入れ、行動を開始した。

先ずは、

・女性の素性を調べておく

である。

雄介が金庫番をしている事務所の金庫に入れてある、

「マル秘、社員ファイル」

を調べた。

この「社員ファイル」には約七〇〇名の女性に関するマル秘事項等が記載されていて、親分と若頭以外は見られない書類であるが、若頭のはからいで雄介は特別に見ることができた。雄介は「社員ファイル」を丸一日かけて見ながら、三〇人の女性に目星をつけ、手帳にポイントを記録した。

・身寄りが少ない
・金に困っている
・クラブに勤めて一年以上経過し、最近指名が少なくなり悩んでいる

この三点に該当する女性で、写真を見てから三〇人を選んだ後、筋を通すために若頭の所へ話に行き、

「若頭に断ってから一〇名を決めたいと思い、候補者をリストアップしましたので見て貰いたいのです。アドバイスをお願いします」

雄介が切り出したら、若頭はリストアップした名簿を見ながら、

「うーん、自由にやっていいよ、最終的に決まったらワイに教えてくれや。早い方が勝ちだな恨みっこなしでやろうぜ、それにしても雄介はなかなかいい勘してるぜ、一〇人位は俺の狙いと同じだよ、戦いだね」

と言って握手を求めてきた。

雄介は、この日から狙いを定めた女性達に会って話をするため、キャバレーやクラブへ通い、指名して世間話をしながら気持ちを探った。

一週間クラブ等に通い、三〇人の候補者から一〇人に絞っていたが、次の説得のやり方に苦慮していた。

救世主、好子

雄介が龍司親分からの要請を受けてから一週間後、キャバレーから帰る夜の一二時頃、店を出たところで一人のホステスから声をかけられた。

「雄さん、ちょっと待って、少し付き合ってよ」

狙いを定めていたホステスの好子からだった。

「好ちゃんどうしたの急に、じゃここで待っているからね」

雄介は内心、

「ラッキー」

と思った。

それは、好子は人望があり、ホステスの中では友達の多い存在だったからだ。

だが、手帳を見て気になったのは、

「二、三年前までは、若頭の女」

であることが「社員ファイル」の中に書かれていたことであった。

「まあいいか、虎穴に入らずんばマンを得ずだ……」

と思いながら待っていたら、五分程で好子が白い毛皮のコートを着てやって来た。好子は雄介の手を引いてタクシーに乗り、ススキノにある料亭の小部屋に二人で入った。

好子が少し笑いながら、

「雄さん困っているんでしょ、うまくいってるの、あと何人なのよ」

雄介は、

「ええっ、どうして好ちゃん知っているんだよ、まだ一人も決まっていないんだ。あと二週間しかないのに一人も決まっていないんだ、好ちゃん助けてよ」

好子もこの、

「助けてよ」

の言葉に断れない性格を持っていたのだが、好子には狙いがあり、食事をして一〇分ほど過ぎたころ、

「雄ちゃん、こっちに来なよ、私ね今日はなにか憂さ晴らしをしたい気持ちになっているの、それで雄ちゃんを誘ったの分かる？　この気持ち。それとね若頭は一三人決まったと言っていたよ」

雄介は、言われるままに好子の脇に行くと、直ぐに好子は雄介の体を自分の方に引いて持たれかかりながら、

「雄ちゃん、私を味方にしなよ、親分からの条件聞かせて」

と言いながら、好子の手はすでに雄介のイチモツを握っていた。

「あれ、雄ちゃん立派じゃないの、あんたのスケは誰よ。こんなにいいモノ持っているのだったら活かさなきゃだめよ、一〇人位はすぐに集まるよ」

「そんなことはないですよ、僕は組の者ではないし、それに女性に弱いんですよ」

「なに言ってるんだよ、組員と同じだよ、好きな女を囲っているくせに。まあ、そんなことはどうでもいいから、もう一軒付き合ってよ」

好子は足早に精算を済ませ、雄介の手を引いてモーテルに行った。

「まあステキ、すばらしい胸毛じゃないの、うれしい！　今日は思う存分付き合ってもらうからね」

好子は無我夢中になって雄介の上になり、何度も何度も攻め続けた。

時計はすでに午前二時を廻っていて、

「初めてだわ、こんなに燃えたのは。このまま抱き合って眠りましょう、目が覚めたらいろいろ話を聞くからね」

雄介は、好子によって救われた気持ちになっていたので、この日はこれまでになく雄介からも攻めていた。

好子は、美津子と性格は似ているが体は小柄で、どちらかといえば体型は寿美江に似ていた。雄介の心の中には、寿美江が忘れられない人になっていて、そんなこともあり、好子とのセックスで攻める気になったのかもしれなかった。

二人は午前八時頃目を覚まし、近くの喫茶店へ朝食を食べに行った時、好子が、

「雄ちゃん、ありがとね、お陰で気分がすっきりした。実はね、私二日前に若頭から石和温泉行きを言われたの、メンバーを聞いたら私の嫌いな子ばかりなのよ。それに、私はもう若頭には義理はないの、捨てられたような想いが残っていたので、はっきり断ってやったの。そうし

たら、捨てぜりふに若頭が『月岡温泉でも行ってしまえ』と雄ちゃんの話をしたのよ、これで分かったでしょう。雄ちゃんと知り合えて嬉しかった。私に任せてよ、それで、条件聞かせて」

雄介はほっとした表情をしながら、好子に龍司親分から言われた内容を伝えた。

「よし分かった。それじゃ、明後日の午後一一時に昨日行った料亭で待っていて、いいね。雄介を入れて一一人で予約しておくんだよ」

こう言って、好子は雄介にお金を使わせることなく、さぁっと引きあげた。

桃子と札幌競馬場へ

雄介は好子と別れた後も、一人喫茶店で好子との余韻に耽っていた。

「なんと不思議な女性なんだろう、ラッキー、いや女神だね、久しぶりに寿美江を思い出しちゃったよ。明後日はどんなになるんだろう、でも、若頭に叱られてしまうのかな、どう話せばいいかな、なんとかなるさ」

等々、想いを巡らせていた。

雄介は喫茶店を出て、気分良く歩いたら、ふとタバコ店の店先に並べられている競馬新聞が日に入った。

「今日は日曜日か、札幌記念のレースがあるんだな。好子のお陰でいつになくうれしい気分なんだ。行ってみるか久し振りに、どうせ明後日まで時間があるんだから」

と呟きながら「勝馬」と「スポーツ報知」の競馬新聞を買った。

新聞を見ながら、龍司親分の事務所に電話を入れたら桃子が出たので、

「雄介です、今日は行きたい所ができたので、事務所へは行きませんのでよろしく」

電話を切ろうとしたら、桃子が、

「雄ちゃん、今どこよ、親分は今日東京へ飛んだの。稲庭組の親分から話があり、トラック一〇台を連ねて魚介類とコンブを積んで出かけたよ。三日後に戻ると言ってね、雄介ちょっと事務所に来なよ、経理の仕事たまっているんだよ、しばらくやってないんでしょ、どうしたの」

桃子は、雄介と会いたい気持ちがあるので、なんとか事務所へ来させようとしたが、雄介の気持ちは札幌競馬場に向いていたので、

「女将さん、今日は勘弁してください。僕競馬場へ行きたいんです、頼みますよ」

「どうしたの雄ちゃん、今までそんなこと言ったことなかったじゃないの。いいわ、雄介、その場所から動かないで、私も競馬場へ行きたいの、車回すからね」

桃子は、自分で車を運転して雄介と札幌競馬場へ向かった。

「雄ちゃん、競馬好きなの、知らなかった。私競馬初めてなの、教えてね、なにかワクワクするような気持ちになるね、新しい世界へ行くみたいだよ。雄ちゃんと一緒に過ごせるなんてうれしい、これ軍資金ネ」

一〇〇万円の束を渡した。

「女将さん、こんなにいいんですか、お金はそんなに要りませんよ。僕は札幌に来て競馬場へ行くのは初めてなんですが、G1レースが今日あることと、いつになく気分がよいので、ふと行きたくなったんです。僕は競馬より競輪が好きなんですが、札幌には競輪場がないもんで……」

雄介と桃子は腕を組みながら、競馬場の最上階にある指定席へと歩いて行った。

レースはすでに第5レースを終え、人の群れがパドックへと動いていたが、雄介は指定席に腰を下ろし、新聞をじっと見つめ蛍光ペンを紙面に走らせていた。桃子は雄介に寄り添いながら幸せな気分を味わっていたが、雄介は二〇分ほど紙面と格闘をした後、

「ちょっと待っていて」

と席を立とうとした。すると、

「いや、今日はどこへ行くにも一緒、お願い」

と言いながら、桃子は雄介に寄り添って立った。

「分かりましたよ、場内を見ながらつまみを買いに行きましょう」

「馬券は買わないの？」

「僕は、11レースの札幌記念だけやるんです、女将さんも11レース一緒に買いますか？」

二人は人の流れと共に、パドックを見て、馬券発売場の所を通って歩いていたら、桃子が、

「どうやって馬券買うの、6レースなにか買いたいの、雄介教えて」

雄介はマークシートの用紙を取り、記入方法を桃子に教えて、新聞を見せながら、

「この新聞を見て、女将さんの直感でなにか買ったらどうですか」

「訳分かんないよ、雄介教えて」

「うーん、ギャンブルだからね、恨みっこなしですよ。3番人気の8番の馬から買ったら面白いと思いますよ、できれば買わないで見ていたほうがいいんですがね」

雄介は売店の方向へ行こうとしたら、桃子は、

「じゃ雄介、売店のところで待っていて。私どうしても6レース買ってみたいの、天国へ来たみたいな気分なのよ」

と言って、マークシートに書き込み発売窓口へ走って行った。

雄介が売店で焼鳥とビールを買っていると、桃子が上気した顔をして戻ってきて、直ぐに雄介の腕を摑んで寄り添ってきたので、

「どうしたんですか、いつもの女将さんと違いますね、何を買ったんですか」

雄介が言うと、桃子は、

「そうなの、なにかドキドキして射幸心が煽られているの。こんなの初めての気持ちよ、6レースは雄介の言うとおり8番から買ったのよ」

と、言いながら購入した馬券を見せた。

「な、なんだって、8番流しですべてに1万円も買ったんですか。熱くなっちゃだめですよ、でもまあいいかっ、早く席に戻ってビールを飲みましょうよ」

桃子は童心に返ったように雄介に寄り添い、競馬を楽しんでいた。

雄介は黙々と11レースだけを研究していたら、6レースが発走となり、実況放送と場内に注目が集まり、第4コーナーから直線に向いた。

「先頭は一番人気5番のカッタデショウがぐんぐんと引き離しにかかる、内から2番、そして外から15番、8番がムチを入れて追って来た、あと200メートル、5番楽勝か、各馬猛然と

ムチが入って追ってくる、8番が15番を連れて猛然と伸びて来た、きわどくなってきた、5番逃げる、8番、15番迫る、きわどいゴール前どうか、3頭横一線、5番残ったか、8番、15番差したか、僅かに8番リードしたか、きわどいです」

桃子は、よく分からないので、8番が迫ってきたのを帽子の色で見ていた。

「雄介どうだったの、8番来たの?」

「きわどいです、5番、8番なら300円、8番、15番なら3000円は付きますね、5番、15番で1000円位かな。僕は8番が1着だと見たし、2着は15番と5番のきわどい争いと見ましたね、5番は強いんだけど、ゴール前失速した感じですね。場内放送を楽しみにして聞いてくださいよ」

掲示板に確定の赤ランプがつくと、まもなく放送があった。

「第6レースが確定しました、1着8番、2着15番、3着5番、配当、馬番連勝8—15、5130円……」

「やりましたね女将さん、51万円の払い戻しですよ、よく買いましたよ、総流しで各1万円も買ったもんですね、恐れ入りました」

「なに言ってるのよ、雄介の言った通りに買っただけじゃないの。興奮しちゃうね、雄介も買いなよ、この当たったお金使っていいからさ」

「そんなに要りませんよ。それに、女将さんはもうやらないでください、僕は11レースしかやりません」

「そうなの、もっとやりたいよ、少しならいいでしょ。だって、こんなにスカッとすることなんてこれまでの人生で経験したことないんだもん」

興奮しながら話しかける桃子に雄介は冷静に対応していた。

「女将さん、先に事務所に戻っていてください。僕も11レースが終わったら戻りますから、頼みますよ」

「あらら、邪魔にしないでよ。分かったからさ、我がまま言わないから、このまま一緒にいさせてね、いいでしょ」

雄介はじっくり検討をして、第11レースの発売締め切り一〇分前にようやく動き出した。

桃子は黙って雄介に付いて行きながら、雄介の購入馬券を覚えていた。そして、指定席に戻ってから、

「トイレに行って来るわ」

と言って、雄介の買った馬券と同じ馬券を買って席に戻った。

雄介の顔は、これまで桃子が見たことのない「勝負師の顔」になっていて、桃子は声をかけるのを怖く感じていた。

11レースが終わり、配当が発表されるころには、雄介は桃子の手を引いて払い戻しのコーナーに立っていた。

「第11レース札幌記念の配当をお知らせします、1着3番、2着1番……。馬番連勝1―3、1560円……」

雄介は当たり馬券を一枚機械に入れた。

雄介は1―3を3万円と他に7万円を投資していて、46万円位の配当を受け、引き上げようとしたら、桃子が馬券を出して機械に入れ、桃子も雄介と同じ46万円位の配当を得た。

「どうしたんですか女将さん、いつのまに馬券買ったんですか、気づかなかったな」

「だって雄介、真剣になっていて、話しかけるの怖かったんだもん。だから雄介の購入馬券を覚えていて、トイレに行く振りをして雄介と同じ馬券を買ったの、これから二人で祝杯をあげようよ」

桃子は雄介にぴったりと寄り添って車の所まで歩いて行きながら、

「雄介、記念に腕時計買ってやるよ、付き合ってね。それにしても雄介はいろいろな特技持っているね、お陰で一生忘れられない爽快な気分を味わうことができたわ、ありがとね」

桃子の運転する車は、札幌市内に入る手前で「モーテル幌馬車」に入った。

「雄介お願い、久しぶりじゃない思い出したの、燃えさせて」

二人は一時間ほどモーテルで時を過ごし、その後、高級時計店へ向かった。

「雄介、好きな時計を選びなよ、今日のお礼に買ってやるよ」

桃子は、ハイレックスを勧めたら、雄介は頑なにグランドワコーを望んだので、買ってやった。

雄介の頭の中は、すでに龍司親分から言われている「月岡温泉への、一〇人の女性確保」に戻っていたので、宝石店では桃子との会話は上の空で、ショーウインドーの中のプラチナのネックレスを真剣に見ていたら、

「あら、雄介、私に買ってくれるの、うれしい！」

雄介はあっけに取られたが、天性の社交性を発揮して、

「ええ、貰いっぱなしじゃいけませんから、これはいかがですか」

値札を隠しながらネックレスを桃子の胸に当ててみると、店員がタイミングよく声をかけた。

「お似合いですね」

「うれしいわ、雄介との思い出の宝物になるわ」

桃子が、はしゃいで鏡を見ている間に、雄介は店員と交渉を始め、二、三分で交渉はまとまり、

「じゃ、これで」

と言って、一〇〇万円を出し、桃子の分を合わせ「一一個のネックレス」を買って、一個を桃子に渡した。

「どうしたの、雄介、そんなに買って……」

「女将さん、親分から月岡温泉の事を頼まれているんですよ、そのことで頭がいっぱいなんです。明後日が勝負なんですよ、心配なのが若頭との関係なんです、好子とのことで……」

「そうだったの、私知らなかったよ、でも、大丈夫だよ若頭に話をしておくからね」

桃子はもう一個時計を買った。

その後、二人は夕食を「三葉」でゆっくりとり、夜八時ころ別れた。

桃子の配慮

雄介は桃子と別れた後、二日後に好子達と集まる料亭に行って、仲居と打ち合わせをした。

・離れの座敷
・一人一万円の特別料理
・多少羽目を外すので、大目に見ること

等を話して、仲居にチップを一万円渡して帰った。

次の日、雄介が組事務所へ行くと、桃子と若頭がいた。

「丁度いい時に雄介が来たね」

若頭が口火を切り、

「雄介、一〇人揃ったかい。四、五日顔を見せていないがどうしたんだい、あと一〇日だぜ、どうするつもりなんだ。最後は俺に泥をかぶせるんじゃないだろうな。好子は雄介にやるから早く一〇人集めるんだ、泣き事言うんじゃねえぞ」

桃子が、場の雰囲気を和らげようと、

「まあ、コーヒーでも飲みながらどうぞ。親分からの仕事なんだから仲良くやりなよ。さっきね、親分から電話があって仕事はうまくいって、東京の親分の接待を受け、今日は築地の料亭で宴会だって。それと、若頭と雄介のこと心配していたよ、若頭助けてやりなよ、私も応援するからさ」

と言いながら、桃子はさっと時計の入った包みを若頭のポケットに入れた。

「ええ？　いいんですか、雄介楽しくやろうぜ大丈夫だよ」

「若頭助かりますよその言葉、僕はこの一週間心配でよく眠れなかったんですよ。ところで、若頭は一五人揃ったのですか？」

「ワイの心配はいらんわい。女の二〇人や三〇人揃えられないで若頭が務まるか」

桃子が笑いながらブランデーを出し、

「三人で乾杯しようよ。ところでね若頭、昨日雄介と札幌競馬場に行って来たんだよ、雄介競馬うまいんだ、面白かった……」

楽しそうに桃子は成果を得意げに話した。

「そうか、雄介は競馬得意か、ワイは競輪が好きなんや、坂巻兄弟とかね、函館競輪へ行きたいよ、もう半年位やってねえよ」

「あれ、雄介も競輪の方が好きだと言っていたね、これはいい、今回の仕事がうまくいったら、親分に話して三人で函館競輪場に遊びに行こうよ、約束したよ」

桃子の取り持ちで、三人の会話は楽しい内容となり場が盛り上がり、うち解けた雰囲気の中で会話が進み、若頭も気さくに、

「そうかい、雄介は好子に目を付けて集めにかかっているのか、まあ、明日が楽しみだね、雄介の腕の見せどころだよ、いろいろ迫られるからな。ところで由紀は入っているのか、気をつけな、ヒモと借金があるからな、困ったら相談してくれや」

雄介はすっかり大船に乗った気分になっていた。

野球拳

いよいよ好子との約束の日が来た。

午後一一時ころ雄介は料亭に行ったら、仲居が笑顔で迎えてくれて、離れの座敷に案内してくれた。

雄介は並べられているお膳の位置と料理、飲み物をチェックしてから、

「気持ち」

と言ってチップを渡した。

「あら、この前たくさんいただいたんだからもういいですよ、女将さんに叱られますから」

と嬉しそうにしている仲居に、雄介は真剣な顔で、

「いいんだよ、俺があんたにやるんだから、いろいろ我がままさせてもらうし、なにか気づいたことがあったら俺に教えてくれよ、頼むよ」

と言いながら、包みを胸に押し込んでやったら、仲居はうれしそうにその場を離れた。

この仲居が後で、雄介の思いがけない危機を救うこととなる。

午後一一時三〇分頃、タクシーに乗って一〇人の女性がやって来て離れの座敷に入った。

雄介は好子に礼を言いながら打ち合わせをして、司会役を好子に頼んだ。

好子は女性達の腹ごしらえができた頃に、

「まずは自己紹介からね、雄介からよ」

いきなり雄介に振られた。

「熊野雄介です、よろしくお願いします。すぐにみなさんの所へつぎに廻りますので、その時に改めて詳しい話をさせていただきます。ああ、それからこれは私から気持ちばかりのプレゼ

ントです」

と言って、ネックレスを一〇人の女性に握手をしながら渡した。

宴会は一気に盛り上がっていったが、自己紹介の中に「由紀」がいたので、雄介はなぜか気になって由紀の動向を注視していた。

好子が場を盛り上げながら、

「雄ちゃん、ステキなネックレスうれしいわ、私の胸にかけてよ、早く」

おどけてみせると、他の女性達から、

「好子、雄介とどういう関係、独り占めしないでよ、雄ちゃん私の所に来て」

声がかかり、雄介は呼ばれるままに女性達の所を廻り、親しそうに月岡温泉行きの話をしながら酒をついだ。

そして、由紀との会話の際、由紀が色っぽく雄介に近づきながら、

「ネエ、お金いつ渡してくれるの、私早いほうがいいの。それとね、お金貸してくれない？いいことあるよ」

と言いながら、由紀の右手は雄介のイチモツを握っていた。

その時、仲居が由紀への電話を告げに来たので、

「救われた」

と雄介は思いながら、お金はいつ渡すべきか迷っていた。

全員に酒をつぎ終わった頃、仲居が雄介を手招きして廊下に誘い、雄介の耳もとで、

「話しておきたいことがあります、帳場の方へ」

と囁いた。

雄介は、場を盛り上げながらタイミングを見て席を外し、仲居の所へ行くと、

「由紀と言う人への電話の内容ですが、男の人からで今日中に三〇〇万円用意出来れば、どこそこへ行くような話をしていたみたいですよ、なんか変な雰囲気だったんですよ、参考にね」

と伝えてくれたので、雄介は仲居に、

「ありがとね、助かるよ」

と礼を言いながら、トイレから戻った素振りをして宴会の座敷に入っていった。

好子が声をかけ、

「雄介なにしてんのよ、サービス悪いよ。さあ、野球拳やるからネ、早い者勝ちよ」

最初に手をあげたのが恵だった。

恵は一年位前にホステスとなり、最初の頃は素人っぽさが受け、指名もそれなりにあって順

調そうに見えたが、好きな男が出来、貢いだ挙げ句に逃げられてしまい、気落ちをしていた時で、心機一転月岡温泉行きを決意したのである。

「さあ、雄ちゃんやろうよ、私ジャンケン強いのよ。最初はグゥー、ジャンケンポン、……」

恵との野球拳を雄介は四、五回やり、雄介の上半身が裸になると、

「ワアー、ステキ、抱いて、私とよ……」

宴会は最高に盛り上がっていき、

「雄ちゃん、もう離さない、こっちに来て」

女性達は、狂ったように感情むき出しの言葉を発し、最高潮の雰囲気が続いていった所で、すかさず好子が、

「いいかい、雄ちゃんを裏切るんじゃないよ。今日はハメを外してもいいが、一週間後にはちゃんと集まるんだよ、荷物の整理をきちんとしてね。約束できる人から雄ちゃんに可愛いがってもらいいな」

好子は雰囲気を見通し、クギを差した。

間合いを見て、由紀が雄介の所へ来て耳元で囁きながら、

「雄ちゃん、お願い、三〇〇万円都合して、すぐ返すからさ。野球拳やろう」

と言いながら野球拳をやり、どう言う訳か、由紀が負け続け素っ裸になってしまった。

由紀の作戦でもあったのだろうか。

由紀は恥ずかしそうに、雄介に寄り添い抱きついて隣の部屋に連れて行こうとしながら、由紀の手はすでに雄介のイチモツを握っていた。

「雄ちゃん、私恥ずかしい、こっちで服を着せて」

隣の部屋に行くなり、由紀は雄介に馬なりになって迫った。

「私三〇〇万円すぐにいるんだよ、なんとかしてよ」

雄介は咄嗟に判断して、

「だめだよ、みんな分かっているんだよ、ネックレス返してもらおうか」

雄介は、いつになく強い言葉で言い由紀を突き放した。

好子が部屋の外で聞いていて、戸を開け、入ってくるなり由紀にピンタをくれ、

「お金は月岡温泉に着いてからだよ。由紀は野郎と逃げるために金が要るんだろ、私も心配していたんだが、由紀がどうしても月岡に行きたいって言うからメンバーに入れてやったんだよ。とっとと帰りな、ネックレス置いていくんだよ」

すぐに、由紀を追いやって帰した。

宴会は二時間位盛り上がって行われ、残った女性九人は堅い約束をして月岡温泉行きを誓い合い、帰りのタクシーに乗り、雄介は好子に礼を言って別れた。

あと一人は、好子が次の日に雄介のところへ連れてきて話がまとまった。

雄介が、東京から戻った龍司親分に全員揃ったことを報告すると、親分は、

「雄介、大したもんだな、この恩は忘れないよ。後は楽しい旅をしてくれや、新潟の親分によく話しておくよ、帰りの飛行機の切符用意しておくからな、三日ばかり新潟で遊んできな」

と言いながら、二〇〇万円を褒美として渡した。

月岡温泉へ

善宝寺、湯野浜温泉

いよいよ月岡温泉へ出発の日となり、午前七時には全員が揃った。運転手は急拠「三葉」の板長健太が務めることとなった。健太は、トラックの運転手を一年ほどしてから料理の道に入ったので、車の運転には定評があり、親分に頼まれて月に二、三回は東京へも車を運転して行っていた。

健太は千葉の銚子で生まれ、中学卒業後家業の民宿を手伝っていたが、どうでもよいことに意地を張る癖があり、親と衝突をして家を飛び出し、トラックの運転手になったが、交通事故を起こしてしまい、その後料理の道を目指す決意をして、築地の料亭で修業に入った。

健太は料理の上達が速く、のれん分け候補として期待されていたが、「ヤクザ事件」がきっかけで札幌へ来たのである。

健太は周りの人から、腕が良く「いい人」との評判だったが、飽きっぽい性格で友達付き合いが長続きせず、三〇歳を超しているがまだ独身であった。

健太が運転手として行くことになったのは、急に月岡温泉の豪華ホテル「扇形」の女将から、親分に板長を二カ月ほど貸してほしいとの要請があり、龍司親分が二つ返事で健太の月岡行きを決め、今回の組み合わせにした。

月岡への出発日の朝、龍司親分夫婦が見守る中で、健太の運転するマイクロバスは札幌を出発した。

雄介達一行は、函館でカーフェリーに乗り替え、青森から日本海側を通って、山形県の鶴岡市へ来た。

鶴岡へは、龍司親分からの頼みで「善宝寺」に寄り、御札《おふだ》を受け、大漁旗のご祈祷をして貰うように言われていた。

雄介は善宝寺でご祈禱を受けた後、僧侶の案内で奥の院に行きお参りをした。

その夜は旅の思い出として「湯野浜温泉」で一泊するよう親分は配慮していた。

当初は、朝三時頃に札幌を出発して一直線で月岡温泉に行く予定であったが、「三葉」の板長も行くこととなったことから、親分が鶴岡の近くの湯野浜で一泊するようにした。

龍司親分は漁師の出であり、善宝寺の御札と大漁旗のご祈禱を受けに行かなければと気になっていた。

親分は、善宝寺の御札と大漁旗は漁師の命であると、父親や利尻、礼文の漁師仲間に子供の頃から教えられており、親分自身も何度かご加護を感じていたので、毎年桃子とお参りに行っていたのだが、今年はまだ行ってないのが気にかかり、好都合と考え雄介に頼んだのである。

善宝寺は、特に漁師の間で多くの信者から信仰されているが、全国には漁師以外にも熱心な信者が多いことで知られている。

雄介は善宝寺で親分に頼まれたご祈禱を受け、御札と大漁旗を僧侶から受け取った時に、一瞬、すぐに速達で郵送しようかとの勘が動いたが、三日後には親分に渡せるとの考えに立ち、持ち帰ることとした。

勝負師の勘と言うか第六感がよぎったのであろうか。

善宝寺で全員でお参りをし、一行は湯野浜へと向かった。

親分が湯野浜温泉で一番の旅館「湯野浜一番館」を予約してくれていた。

「湯野浜一番館」は特に露天風呂が自慢で、風呂の奥の方が混浴となる仕組みになっていて、露天風呂の仕組みを知らないで奥へ奥へと進んで行くと、思いがけない光景となるのであった。

「湯野浜一番館」では、至れり尽くせりの料理と接待で、一行はご満悦な時を過ごし、雄介は、この日はゆっくり過ごしたいと思っていたので、自分からは盛り上げようとはしなかったが、女性達が許さなかった。

女性達は皆、雄介の、

・スバラシイ胸毛

・そそり立つイチモツ

を知っていたので、相手をしてもらいたく雄介を誘う機会を狙っていて、食事後、誰となく野球拳を提案したが、雄介はうまく方向を変えて、カラオケのスナックへと誘った。

それは、善宝寺でお参りをした時に、雄介はなぜか、

「御札と大漁旗を早く親分に届けなければならない」

との思いが頭をよぎり、そのことが頭に残っていたので、どんちゃん騒ぎをする気にならなかったのであるが、健太の手前もあるのでカラオケに方向を求めたのである。

健太はすっかりご機嫌になり女性達との「デュエット」で喜んで歌っていた。

雄介も誘われるままに、やむなく二、三曲付き合ってから、頃合いを見て、好子に後を頼み席を外した。

雄介は一人部屋に戻り、なぜか気になっていたので、組事務所に電話を入れたら桃子が出て、

「あら、雄ちゃんそちらはどう、親分心配していたよ、御札受けてくれた？　三日後でいいから丁寧に持って来てね、いつになく親分気にしているの。それとね、対立している全国組織の暴力団とトラブルがあって、子分が殺《や》られたの。親分は対策で稲庭親分に相談しに東京へ飛んだからね。まあ、雄介は心配しないでそちらの仕事をしっかり頼むよ、じゃね」

電話を切ったが、雄介は胸騒ぎがしていた。

雄介は気分を癒そうと思い、大浴場へ行き、露天風呂にゆっくりと体を温めていた。

露天風呂は大庭園を装っていて、岩と桜、紅葉、七竈《ななかまど》などで見事な造園がなされていて、奥へ奥へと行って見たくなる趣きになっていて、雄介も自然に奥に吸い込まれるように露天風呂を楽しんでいた。

雄介は露天風呂の奥の方で眠くなったので、岩の上に横になり、タオルをイチモツに掛け気持ちよく休んでいた。

露天風呂の木陰から星が見え、殿様気分でいたところ、波音が少ししたと思ったらすぐに雄

介のイチモツが誰かの手によって握られていた。

ビックリして起きあがると、そこには好子がいて、

「今日の雄介は、なにか疲れているみたいね、いつものような明るさがないよ。ちょっと前に二次会切り上げて、後は自由にしなさいと言ってきたからね。みんなが雄介捜していたよ、今夜は大変だよ」

「からかわないでくれよ、でも好子には助かるよ、感謝だね。今日はなにか気が乗らないんだよ」

「こんなところで二人でいるところ見られるとまずいよ。お風呂上がったら私の部屋に来なさい。雄介は部屋に居たら女性達の『集中マン火』だよ」

「参ったな、分かったよ」

雄介はこの夜は好子の部屋へ行きぐっすりと眠った。

次の日、健太は疲れたような表情をしながら、マイクロバスを運転して月岡温泉へ向かった。

雄介はドライブインでの昼食の時、健太の所へ行き、

「昨日の夜はゆっくり休めたかい、えらくご機嫌だったようだけど」

探りを入れると、健太は指を三本立てながら、

「雄介、どこへ行ってたんだよ、とばっちりだよ、久し振りだが疲れたね。雄介、雄介と囁きながら攻めてくるんだよ」

「君子危うきに近よらずだね、よろしく」

笑いながら会話を交わし、車は日本海を眺めて一路月岡温泉へと向かった。

旅館「扇形」

一行を乗せたマイクロバスは午後三時ころ月岡温泉に到着し「扇形」の女将がホテルマンと共に丁重に出迎えた。

女性達は、すぐに用意されていた別のマイクロバスに荷物を運んでから乗り移り、組の男に指示を受けホテルマンが案内して置き屋に向かい、好子は少し寂しそうな表情をしながら、雄介に手を振って別れの挨拶をしていた。

雄介は女将の案内で「扇形」の中へ入って行く際、入口に掲げられていた「山梨金融協会様御一行」の歓迎の看板が目に入った。

「あれ、金融協会か、誰が来ているのかな」

と思いながら女将に付いて行き、「扇形」の特別室へ案内されお茶の接待を受けた。

「ご苦労さまです、当館の女将です。大変助かります、いつも龍司親分にはお世話になりっぱなしで、感謝感激雨あられですよ。それと、板さんよろしくお願いします、急に当館の板長がアメリカに二カ月位修業に行くことになりましたもので。また、熊野様には龍司親分からよくお聞き申し上げておりますので、ごゆっくり過ごして頂きたいと思います。熊野様には明日の朝八時に、現勢田親分が迎えに来ることになっています。今日は当館自慢の『贅豪華の湯』でくつろいでください」

挨拶を受け、板長は一服するとすぐに女将の案内で板場へ向かった。

雄介は、女将の代わりに入ってきた小綺麗な仲居の接待を受けながら部屋でくつろいでいたら、部屋の電話が鳴り、仲居が出たら、電話は新潟の親分からで、

「今日は、急用で熊野さんに会えないが、明日の朝八時に迎えに行く、瓢湖へ行きその後、新潟競馬場へ案内する」

との内容を仲居が雄介に伝言した。

雄介は風呂に行きたいと言うと、仲居は、

「私、里絵と言います、お客さんと明日の朝まで一緒にいて、お世話をするように女将さんか

ら言われていますのでよろしくお願いします。お風呂はプライベートにしますか、それとも当館自慢の大浴場に……」

微笑みながら挨拶をした。

「そんなにまでいいよ、でも里絵さんも仕事なら気楽に過ごしてよ、僕は自由が一番好きなんだから。それと、お願いがあるんだけど、競馬新聞を買ってきてくれないかな、『勝馬』と『スポーツ報知』ね、僕は大浴場に行って来るから夕食まで自由にしていていいよ」

言いながら、新聞の代金千円とチップ一万円を渡したら、里絵はうれしそうに身を寄せて、

「うれしい、お客さんいい人ね、精一杯サービスさせてもらうわ。お客さんどう呼んだらよろしいですか?」

雄介はやや困ったような表情をしながら、

「雄介と呼んでください。里絵さん、僕は今夜競馬新聞と格闘するので、できれば一人にして欲しいんだよ」

「あら、それは困ります、そんなことしたら私女将さんに叱られてしまいます。雄介さんだってその道の人なんでしょ、明日の朝まで一緒させてください」

「僕はその道の人間ではありません。里絵さんは仕事なんだから分かるけど、出来るだけ僕を

自由にさせて欲しいんだよ、頼むね」

と会話していると、里絵はますます雄介に興味を持ち始めることとなるが、なにはともあれ競馬新聞を買ってこなければと部屋を出た。

雄介は「扇形」の一階に造られている「贅豪華の湯」と名付けられた大浴場へ行った。「扇形」の大浴場は、檜づくり、ナイヤガラの岩等、贅を尽くした日本の中でも有数な大浴場であり、月岡温泉は「美人になる湯」で、全国に名が知られている。

雄介はゆっくりと大浴場で身体を癒し、三〇分ほど温泉を楽しんでから風呂を上がり、ホテル内の通路に飾られている国宝級の絵、掛け軸や置き物等を見ながらフロント方向に歩いていたら、楽しそうに会話をしながら歩いてくる浴衣姿の女性のグループとすれ違った。

思わず雄介は振り返って、

「あれ、もしや松原寿美江では……。山梨金融協会の看板、そうかラッキー」

雄介は急に元気が出てきて、明るい気分になりながら、女性のグループの行方を見つめ、少し距離をおいて後を追った。

女性のグループがお土産コーナーに入り、寿美江が一人で土産を見ている瞬間を雄介は逃さず、さぁっと寿美江の側に行き、

「寿美江さん」

と声をかけながら、腕を引いてロビーのソファーに誘導した。

「寿美江さん、会いたかったです、ちょっとこちらへ……」

「ああら、熊野さんじゃないですか、どうしたのか心配してたんですよ」

雄介は周りを見ながら、

「長い話はここではできないので、後で僕に時間をください、お願いします」

咄嗟に寿美江は雄介の気持ちを察して、部屋の番号を教えた。

「じゃ一〇時過ぎに、それじゃ」

頷きながら、さぁっと寿美江はお土産コーナーに戻りグループに合流した。

雄介は一生の夢が叶うような気分になり、寿美江達がそこから去った後、お土産コーナーの装飾品を見て、店員に質問をし、「村上堆朱」のブローチを二個買って部屋に戻った。

部屋には里絵が競馬新聞と蛍光ペン三色をテーブルの上に置いて待っていた。

寿美江との再会

　雄介は里絵とさしつさされつ酒を飲みながら、夕食を一時間位かけて味わった後、横になって競馬新聞を見ながら研究に入った。

　里絵は退屈そうにテレビを見ていたが、夜九時五〇分頃になって雄介は、

「これから風呂へもう一度入ってから、知り合いの板長とスナックへ行って来るので、遅くなるから里絵さんは僕にかまわず先に寝ていていいよ、ほんとだよ」

　里絵の腰に手を当てて、ブローチを襟元に入れてやったら、嬉しそうに、

「雄さんは分からない人ね、今までの男性とは全然違う、惚れそうになってしまうわ。でもいいの、里絵寝ないで待っていますので」

「眠っていてくれた方が僕はうれしいんだけど……」

　呟きながら雄介はタオルを持って部屋を出た。

　雄介は風呂へ行くことなくすぐに寿美江の部屋に行き、ドアを軽くノックした。

　寿美江は静かにドアを開け、雄介を部屋の中に迎え入れ、

「会いたかった」

耳元で囁きながら、直ぐに二人は抱き合った。

雄介から女性を攻めることはこれまでほとんどない。しかし、寿美江にだけは違っていた。

雄介は寿美江の「心」が忘れられなかったのであり、雄介が大切にしている「人としての温かい心」を、寿美江から教えて貰っていた。

その「温かい心」は、以前甲府駅までの寿美江との出会いで腕を組んでもらい、歩いた時に雄介が感じさせられた思いであり、雄介の脳裏に強烈に刻まれていたのである。

寿美江は抱き合うほどに燃えていき、雄介の胸毛、そそり立つイチモツだけでも大概の女性は参ってしまうのに、雄介に真剣に攻められてはたまらない。

二人は一時間程無我夢中で愛を確かめ合ってから、寿美江が話し出した。

「熊野さんどうしたの、急に消息が分からなくなってしまうんですもの。心配してたのよ、奥さんと子供を置いて……。桐村理事長も残念がっていたわよ。それで、どうしてここに……」

雄介は簡単にこれまでの経過を話し、一息入れ、再度寿美江を抱きしめていた。

「ああ、雄介たまらない、初めてだわこんな気持ちになったのは。うれしいわ、月岡温泉で再会できるなんて夢のよう……。でも、雄介はいつも女の人を愛する時はこんなに尽くしてくれるの……。だめよ、女心が狂っちゃうわ、だから、駆け落ちしたんでしょう」

雄介は核心に触れられたような気持ちの中で、照れくさそうに、

「寿美江さんと再会できて僕もうれしいですよ、ずっと思っていたんです。男女関係で僕から攻めたのは寿美江さんくらいだと思います、僕はプレイボーイじゃないですから」

弁明したが、寿美江は、

「そんなこと言って、世間はそう見ないの。でも今日はうれしかったわ、奥さん泣かせ続けちゃだめですよ、戻ってきなさい」

雄介と寿美子には積もる話があったが、すでに一二時を過ぎていて雄介は部屋に戻らなければならなかったので、

「ゴメンネ、本当は朝まで一緒にいたいんだけど……、これ、思い出に」

と、ブローチを置き寿美江の部屋を出てから、風呂へ行き、さっと身体を洗い部屋に戻った。

里絵の接待

雄介が部屋に戻ると、里絵が寝ないで待っていて、

「お帰りなさい、ビール飲みますか」

さっとコップを雄介に渡し、ビールを注いでくれた。

「ああ、うまい、風呂上がりのビールはおいしいね」

思わず言ってしまった。

だが、会話の意味合いに関係ない二人であるが故に雄介は気楽であった。

「ブローチありがとう、うれしいわ。でも、雄さん疲れたでしょう、もう遅いから寝ましょう」

雄介はやや疲れ気味であったが、里絵の相手を一応行い、

「なんてステキな胸毛なの、燃えちゃう」

里絵が言いながら、抱き合っていたが、雄介はいつの間にか眠ってしまった。

里絵は雄介が眠った後、胸毛とイチモツを楽しそうに触り三〇分ほど過ごしてから、雄介の手を里絵の乳房に当てて眠った。

新潟の親分

瓢湖、新潟競馬場へ

次の朝八時に、新潟の親分がベンツに乗って迎えに来た。

親分は雄介に丁重な挨拶を行い、

「今日は瓢湖で白鳥を見学した後、新潟競馬場へ行き、夕方は新潟の『雪形亭』で宴会を行い、翌日は弥彦競輪場へ案内したいと思います」

と予定を申し出た。

雄介は弥彦競輪へは飛びつきたい思いであるが、なぜか、龍司親分が気になっていたので、

「ご配慮はうれしいのですが、龍司親分が心配で……」

言ったところ、新潟の親分が、

「そうなんですよ、東京と新潟から、組の者が応援に行っていますが間に合えばいいんですが。敵のヤツラは全国から送り込んできていますので大規模な抗争になっちゃっているんですよ。いやや、雄介さんには話すなと龍司親分から言われていたんです、これは……」

雄介は頷いて、

「ええ、昨日女将さんへの電話を入れた時の会話がおかしかったんですよ。それじゃ私は、今日の午後六時発の飛行機で札幌へ帰りますので、そのようによろしくお願いします。弥彦競輪場へはぜひ行きたいのですが、またの機会にさせていただきたいと思います」

親分は、運転手の子分に命令して、札幌への飛行機の切符を二枚手配させ、

「そうですか、わしも札幌へ一緒させてもらいます、若い者は昨日向かいましたので今日の朝着いています。それじゃ今回は競馬で楽しんでもらいますから」

親分と雄介は、瓢湖で一万羽は来ている白鳥の餌付けを見た後、午前一〇時ころには新潟競馬場に着いた。

親分は馬主であり、地元に顔が利くことから、競馬場関係者に知り合いが多くいることもあって、あちこちから挨拶を受けながら、雄介を特別観覧室に案内し、観覧室に着くと、親分は挨

拶回りがあると言ってすぐに席を立った。

観覧室はコース全体が一望できゴールの正面に位置していて、新潟競馬場は全国で唯一、直線一〇〇〇メートルのコースがある競馬場であり、中央競馬の開催時には関東圏から新幹線や貸切バスで競馬ファンが大挙来るのである。

宿泊は月岡温泉が最高の宿泊地で、温泉よし、料理よし、酒もよしとくれば、負けても勝っても羽を伸ばしたくなるのが競馬愛好家の心境であり、芸者衆が求められるのは需要と供給の関係で成り立っているのが世の常である。

親分が席を立ち一〇分位したころに、ウエイトレスが飲み物と料理を運んできて、

「現勢田さんからのお言付けでお持ちしました。現勢田さんは昼頃には戻るとのことです、そのころ昼食をお持ちいたします」

ビールとヤキトリを置いていった。

お昼ちょっと前に現勢田親分が戻ってきて、

「悪かったですね、一人にして、どうです成果は……」

と聞かれ、雄介は、

「僕は8レースと11レースに勝負をします。他のレースは見て楽しませていただきます」

二人が会話をしていると、佐渡沖で取れたての甘エビなどが入った「特上日本海ちらし」が運ばれてきた。

「まあ、食べながらやりましょう。次の6レースにわしの馬が走るんですよ、ゴクドウイチバンと言う名前で、6枠8番の馬ですよ。前回は2着で、このレースを勝ってオープン入りしたいんです、どうですか雄介さんの予想は」

親分の言葉には力が入っていたが、雄介は親分の馬の検討をしてなかったので、

「そうなんですか、楽しみにじっくりと見させていただきます」

とだけ答えて新聞に目をやり検討を始めたら、親分は馬主室へそわそわしながら行った。

雄介は親分の手前もあるので、6レースを急拠購入することとして、マークシートに記入を始めた。

6レースの雄介の予想は3頭で決まりと思い、親分の馬から二点流しと3頭のボックスを買ったが、発売締め切り五分前のアナウンスがあった時、ふと2番の馬に目がいき、

「前回8着、三カ月休養明け、ハンディ3キロ減、人気薄」

がなぜか雄介は気になったので、8番と2番の馬連も1万円追加して買ってみていた。

場内の実況放送が始まり、

「各馬一団となって第4コーナーを回った、先頭は6番、続いて9番、8番ゴクドウイチバンは直線に入ってムチが入り追い上げてきた、後続の各馬も手が動いて追い上げる、さあ、どの馬が抜けるか、横に広がった、叩き合い、あと200メートル、9番先頭逃げ切れるか、8番追い上げる、2番が大外からもの凄いスピードでやってきた、横一線きわどい、8番か、9番残ったか、2番差したか、内、中、外で離れています、確定を待ちましょう」

雄介も一瞬順位は分からなく、少し後悔が走った。

「2番を入れたボックスにするべきだったか」

まもなく結果発表で、

「第6レースの結果、1着8番、2着9番と2番の同着です……、払い戻し金額は、馬連、8―9、300円、2―8、2530円……」

と、放送されると、雄介はホッとした。

雄介はその後、8レースを狙いレースとして10万円ほど買ったが、外れてしまい、勝負は11レースの「新潟記念」となった。昨日から読みに読んで研究をしていたレースである。

11レースは、池の騎乗する5番イケノノルウマが断然の一番人気になっていて、イケノノルウマはサンデーサイレンス産駒で、将来を嘱望され、次はG1レースを視野に入れていた。

5番は、単勝人気が110円で他の馬は500円以上になっていたので、雄介はイケノノルウマの連がらみは間違いないと見たが、ゴール前で競った時、池が強引に叩いて1着に拘るかどうか疑問視し、雄介は10番との1、2着争いと見て、馬連は買わず単勝の10番を20万円買った。

11レースの一〇分ほど前に、親分が観覧室に嬉しそうに戻って、

「いやや、勝っちゃったよ、よかった、際どかったね。ところで雄介さんは11レースの予想はどうですか……」

雄介は、

「5番10番で決まりですね、馬連は200円あるかなしですよ」

と言った。

それを聞いて親分は投票場へ急いで行き、馬券を買って戻って来て、

「これわしの気持ちです、今日は特に気分がいいんです。それと雄介さんといると気持ちが癒されてね、あなたと知り合えてうれしいですよ」

と言いながら、親分は雄介に5番10番の馬連の30万円投票券を渡した。

「ところで、雄介さんも5番10番は買ったんですよね」

親分が聞くので、

「いいえ、僕は10番の単勝だけです」

雄介が答えると、やがてファンファーレが鳴って、11レースが発走となった。

「5番順調なスタートから、2番手好位置につけました、その後は10番、ぴったりとマークしています、後続馬少し離れた、第4コーナーを回って、5番先頭を悠然と確保、10番も続いた、5番ぐんぐんスピードを増して逃げ切りにかかった、独走か、10番が猛然と追い上げる、2頭で決まりは間違いない、他は5馬身の差がある、10番追い上げる、届くかどうか、交《か》わしたもようです」

場内から不満の声があがった。それは5番の馬がゴール前勢いを欠いたことに対するブーイングであった。この結果は、雄介の読みの中に入っていた。

親分がビックリして、払い戻しのコーナーに行った。

配当は馬連連勝5―10は190円、単勝10番530円であった。

訃報

第11レース終了後二人は急ぎ足で競馬場を後にし「新潟飛行場」へと向かって、午後六時発札幌行きの飛行機に乗った。

飛行機の中で新潟の親分に電話があり、

「龍司親分殺られる」

の訃報が入った。

雄介は善宝寺の御札を抱きながら、

「悪い予感が当たってしまった、龍司親分どうしたんだよ……」

涙を浮かべながら呟いた。

雄介は暴力団の抗争は知らないが、龍司親分については心底惚れていた。

新潟の親分がいろいろ雄介に「抗争」の話をしてきたが、雄介は、

「私は、龍司親分とは親密な関係ですが、組の者ではないので、『抗争』の話はご勘弁願います」

と言い、飛行機の中で一人泣いていた。

この抗争は「列島頂上抗争」と呼ばれ、日本の二大勢力因縁の抗争でもあった。

決別の旅

葬儀、組の跡継ぎ

龍司親分の葬儀は若頭が取り仕切って、全国から組関係者及び政財界の大物を含め、長蛇の列をなす弔問客により行われた。

親分の交友関係の広さもあり、五〇〇〇人を超える参列者による大葬儀が取り行われ、北海道警も異例の厳戒態勢を敷いた。

雄介は、桃子の要請により葬儀の席で弔辞の挨拶に立ち、

「龍司親分、あなたの真心に感謝します。利尻の大自然の中で育ち、人間としての心の広さは、あなたと接した人が皆惚れていました。私は組組織の世界は知らない、でも人間としての龍司

親分は大好きでした。今、私の心には大きな空洞ができてしまいました。いや、私だけではなく、札幌、日本に大きな穴ができてしまったような気持ちでいっぱいです。

極道の
　いばらの道に
　　咲く龍華

それと、私が龍司親分に頼まれた、御札と大漁旗が間に合わなかったことが痛恨の思いです。

届かぬは
　神のご加護と
　　我が思い

御札と大漁旗は霊前に供えさせて頂きます。やすらかに冥土の旅へと出発してください」

会場の参列者から、賛辞の声が多く寄せられた。

僧侶はこの弔辞を聴いていて、龍司親分の戒名を、

「釈極道大龍華」

と命名した。

葬儀が終わり一週間が過ぎた頃、雄介に桃子から呼び出しがあり、組事務所に行くと、桃子

と若頭が相談をしていて、すぐに若頭が口火を切った。

「雄介、おまえ組に入って、ワイのナンバー2にならんかい、桃子姐さんが強く希望しているんだよ。ワイもおまえとなら龍司親分の後を守れると思うんだよな。そして、葬儀の席でのおまえの弔辞よかったぜ、親分衆に言われたよ、『貴重なヤツがおるな』と。金には困らせないぜ、やろうや」

言い終わると、すぐに桃子が駄目を押すように、

「雄ちゃん、札幌で骨を埋めなよ。若頭が言ってくれているし、私も、雄介なしに考えられなくなっているんだよ。これまでどおり金庫番をしていればいいんだから、雄介の名前を入れて跡目の体制を決め全国に挨拶状を出すから、いいね」

いきなり予想外の話をされ、困ったが、雄介は龍司親分の死を契機に札幌を去る決意をしていた。

それは美津子との関係もすでに破局を迎えており、美津子はホテルの支配人と関係ができてしまい、ホテルに入り浸りの状態にあったことと、雄介は次の夢に向かう絶好の時期であると考えていた。

雄介はおもむろに話しだした。

「若頭、女将さん、ありがたかったです、こんな私に今まで付き合っていただきまして感謝申し上げます、はっきり言って私には組員は無理です。私は次の夢を追って生きて行きますので、一週間後に札幌を後にします」

桃子は察していたのか、それ以上跡目のことは言わないで、内心は残念であったが、にこやかな表情で、

「それじゃ、落ち着いて一週間後に三人で『別れの思い出旅行』をしようよ、函館競輪場へ行きたいね、若頭どうだい」

若頭は、待ってましたと相槌を打ちながら、

「それはいい、ワイも競輪やりたくてうずうずしてたんどす。それと雄介との旅行楽しみですな」

話は決まった。

雄介は、函館への旅行の後で札幌を去ることとして、美津子に話をつけた。

美津子との生活は、三カ月ほど前からすれ違いの状態でほとんど会話もなく、二人の心はすでに別の方向にあったので、美津子は雄介からの別れ話をあっさりと承諾し、

「雄介はどこへ行っても生きていけるよ、私はなんとかする、また会える時を楽しみにしてい

るね」

と言ってくれ、雄介は、「ホッ」として、美津子との最後の一夜を過ごした。

雄介は龍司親分が亡くなったのを契機とし、函館競輪場への旅行を区切りに、再出発する決意を固め「次の夢」を描いていたのである。

その夢とは、「全国競輪場巡り」である。

全国に五〇カ所ある競輪場での旅情を、各競輪場ごとにドラマとして作品化し、そこで出会った人々との喜怒哀楽を描きながら、競輪に生きる人々を紹介したいと強い決意に燃えていたのである。

それ故、桃子からの跡継ぎの話を断ったのでもあった。

別れの函館旅行

桃子、若頭は「函館競輪場」への旅を、雄介との「お別れ思い出旅行」に決めた。

函館競輪場では、四日間開催される「ふるさとダービー函館」の最終日であった。

三人は若頭の運転するリムジンで函館競輪場に向かい、競輪場には一〇時頃到着し、特別観覧室の指定席に腰を下ろした。

若頭は競輪のセミプロ的センスを持っていたが、桃子は競輪が初めてだったため、雄介は競輪新聞を桃子に渡し、レースについての一応の説明を行い、後は自分の判断で購入するよう伝えて席を立ちながら、桃子に、

「競馬と同じで熱くならないようにね、昼頃には戻ります」

と言って、売店の店員にヤキトリと飲み物を指定席に届けるように頼み、競輪場内の見学に行き、ベテランの予想屋にチップを渡し、情報の入手をしていた。

情報とは、

・1〜3日目の選手の動き

・朝の練習内容

・人脈関係

であった。

雄介は次に競輪場の中で、「一番おいしい食堂」を探した。

場所によっても違うが、競輪場や競馬場には多くの食べ物店があり、「すばやさ」はそれほど変わりないが、「味」は千差万別であり、時には「味の名店」に出遭うこともある。

雄介は「ホタテの串焼き」を三本買って指定席に戻ったら、すぐに桃子が話し出し、

「雄介、私何を買ったらいいか分からないよ、さっきのレースね、予想新聞に書いてあるとおりに買ったけど外れてしまった、つまんない。若頭はさっさと一人で行動するし、雄介はどこかへ行ってしまうし、私一人にしないでよ。ねぇ教えて、競馬の方が分かり易いような気がするわね、次のレース何を買えばいいの雄介……」

若頭も、

「雄介、一発勝負でスカッと大きく行きたいんだよ、ワイはさっきのレースで20万円すってしもうたんや、勘が狂ってしもうてアカンわ、頼むで雄介」

雄介はすかさず、

「だから言ったでしょ、熱くならないようにって、まあ、6レースから買いましょう。まずは腹ごしらえですよ、このホタテの串焼きを食べたら食堂へ行きましょう」

と言い、ホタテを食べた後二人を案内し、店先でおでんとイカ焼きの臭いをさせながら、おばあちゃんがお客に声をかけている店に入り、「特製おでん定食」を頼んだ。

昆布だしが効いたおでんとイカの煮付けが付いている定食で、注文後三〇秒もしないうちに運ばれてくると、

「まあ、早いのね」

桃子が言い、雄介が、

「美味しいと思いますよ、食べましょう」

と言うと、桃子がおでんの汁を吸いながら、

「あれ、この汁の味うまい、利尻の昆布だ、美味しい、懐かしいネ、雄ちゃんは気が利くね」

「いやぁ、さっき場内を回ったときイカの煮付けを見ていたら、おでんに昆布を入れたんで、おばさんに聞いてみたんですよ」

「ワイは、カツ一枚食べるで」

若頭が注文した。

雄介は食事をしながらも競輪新聞から目を離さず、食事を終え、三人は観覧席に戻ってから、

「6レースは坂巻からで裏目も含めての購入、それと、11レースは竹谷から買ってください、薄め、厚めは自分で判断してください」

雄介は言って、また席を外した。

第6レースはA級の決勝で、坂巻は北海道出身の選手、第11レースはS級の決勝で、竹谷は青森の選手であった。

雄介は競輪場にくると、イスに座っているよりも場内を動きながらレースを楽しむのが好きであった。

特別観覧席ではできない、

・予想屋の解説を聞く

・人の動きとともに行動する

・歩きながら、ヤキトリなどを食べる

・競輪選手の顔見せの際、声をかけることができる

・ゴール時の臨場感を味わう

などを楽しむのである。

すでに6レースが終わり、結果は、坂巻が2着で連勝単式、3250円であった。

そしてレースが進み、第11レースが大歓声の中で行われた。

結果は竹谷が優勝し、連勝単式、1050円であり、11レースのゴール後、優勝した竹谷がヘルメットを観客席に向かって投げ入れ、雄介はあらかじめ投げ入れる場所を読み、待っていて、偶然ではあるが受け取った。

「ラッキー、しめた!」

と思った瞬間、ヤクザ風の男が寄ってきて、

「おんどれどこのボケや、そのヘルこっちによこせ」

強引に雄介の受け取ったヘルメットを持って行こうとしたが、雄介は度肝を抜かれながらも、

「これは、私が受け取ったのです、私の宝です」

大きな声で言い争っていた。

ヤクザ風の男三人が、雄介の腕を掴んでどこかへ連れて行こうとしていた時、後ろから、

「指導！　指導！」

と大きな声が聞こえ、

「おまえら、ワイの客人になにさらすんや」

ドスの聞いた声がし、振り返ったら、手を回しながら若頭が立っていて、ヤクザ風の男達はこの一言で退散した。

雄介は事なきを得、若頭に感謝しながら、

「若頭どうしてここに」

「うん、座ってばかりいても、おもろうないし、雄介と一緒にいたい気持ちになったんだよ。さっきようやく雄介を見つけて飛んで来たんや、ものすごい声を出して、優勝した竹谷選手に

声をかけていたのが聞こえたんだよ。でもよかったぜ怪我がなくて。それと雄介のお陰で、6レースと11レース取らせてもらったよ、ワイは他のレースをすったので、元ぐらいだけど楽しんだよ。しかし、姐さんは6レース1万円の当たり車券を持っていたよ。坂巻の裏表全通り1万円ずつ買ったんだよ、たいしたもんだ」

　そこへ、桃子がやってきて、

「私一人にしないでよ、迷子になっちゃうじゃないの。ところで11レースも当たったんだよ、どこで払い戻せばいいの」

　と言いながら、5万円の当たり券を出した。

「姐さん、よく当てるね、たいしたもんだよ」

「そんなことないわよ、雄介の言ったとおりに買っただけだよ、さあ、これを換えて、札幌へ戻り宴会やろうよ」

　桃子の言葉を聞くと、雄介は、

「女将さん、若頭、いろいろありがとうございました、私はここでお別れします。今日優勝した竹谷選手のヘルメット、女将さん記念に持って行ってください。私はここでお二人とお別れします。これから私の夢である全国の競輪場巡りをしますので、またどこかでお会いできたらと思います。札幌へ来ることがありましたら必ず連絡します」

と言いながら、竹谷選手の被っていたヘルメットを桃子に渡した。

若頭が、

「姐さんよ、雄介ね、このヘルメット姐さんに渡そうと思って体を張って獲得したんだぜ。ワイも雄介と知り合って嬉しかったよ、元気でな雄介、困ったことがあったら連絡よこしなや、じゃ姐さん行こうよ」

桃子は何か言いたそうであったが、若頭は雄介の気持ちを察して桃子を連れて帰ろうとしたら、桃子は泣きながら雄介に自分の財布を渡し、

「ありがとうね、お元気で……」

雄介は頭を下げながら桃子と若頭に別れを告げ、気持ちは、

函館の
バンクで巡る
次の夢

に心踊らせていた。

なんでこんなに、雄介は楽天家なのであろうか。

雄介は、すでに旅路の支度をして函館にきていたのである。

美津子に手切れ金として一〇〇〇万円ほど渡してきたので、函館競輪で稼いだ二〇万円と桃子から貰った一〇〇万円を入れ、一五〇万円ほどの所持金で、「次の夢」に胸を躍らせていた。

雄介は桃子と別れた後、函館のホテルで夜を過ごした。

函館の女

雄介は、函館の駅前にある「函館百万ドルホテル」へ直行し、一泊の予約をして代金を支払った。

雄介は、この夜を、
・人生の区切り
・札幌での生活との決別
・美津子との決別
として、余韻をゆっくりと函館で味わい、「次の夢」を胸に、決意を固めたかったのである。

雄介が、次の行き先として予定していたのは神奈川の「平塚競輪場」であり、「ケイリングランプリ01」を観戦し、その後も、記念競輪が開催されている「競輪場巡り」をする構想を立てていた。

だが、人生はそんなに順調には行かない、雄介はこの夜、「函館の夜」、を楽しむため、静かなクラブで、じっくりと飲みたい気分となり、桃子から貰ったサイフを上着のポケットに入れ夜七時頃から歩いて函館の街を散策し、小綺麗な店構えの「クラブ　ハコミナト」へ入った。

雄介は、龍司親分のお陰で札幌でいろいろな経験をしていたので、水商売や夜の街の仕組みはある程度知っていたし、お金も持っていたので気楽であった。

人生の区切りと決別の気分転換を目的として、気の向くまま行動しながら時を過ごそうと決め、「クラブ　ハコミナト」へ入ると、入口にいたボーイが案内し、

「ボトルナンバーとご指名は」

と聞いたので、雄介は、

「初めてだよ、空いている女性でいいよ、小柄な気のやさしい女性。それと飲みものは、シングルホット二個ネ、で料金は……」

ボーイは雄介を案内しながら、

「ボトル入れていただくとサービスしますので、二枚でいかがですか、いい女性付けますので、

これからも付き合ってくださいよ」

雄介は頷きながら、

「じゃ分かったよ、前金でね、あと払わないからいいネ」

桃子から貰ったサイフから二万円を渡した。

ボーイはチラッと雄介がサイフの入れる場所を見ながらボックス席に案内し、女性がすぐにやってきた。

「ああ、いらっしゃい、麗菜です、優しそうな彼、好きになりそう……」

麗菜は言いながら、雄介の上着を脱がせ、横に寄り添って会話をはじめた。

雄介は気分転換にふらっと過ごしたかったので、なにげない会話をホステスとしていたら、クラブのステージで「ショー」がはじまり、ダンサーによる踊りが繰り広げられた。

雄介はクラブに入り、一時間くらいで引き上げようと思っていたが、ショーが始まったのでタイミングを見ていたら、ホステスが雄介の横にきて凭《も》たれながら、

「ゆっくりしていって、ねえ、いいでしょう、お願い」

雄介はこの「お願い」の言葉にふらっときてしまった。

雄介がつれなくしていたことが、逆にホステスの心に火を付けたのだろうか、そして、

「いいでしょう、お願い」

にとことん弱いのである。

麗菜が雄介の胸を少し覗きながら、

「ステキな胸毛ネ！　ねえお願い、あと一時間いて、一万円でいいから」

だが、雄介は自分に言い聞かせ、

「これで失敗したんだ、これからの自分は違うんだ」

雄介は決意しホステスに言った。

「悪いね、次があるんで帰るよ、まあ、元気でね」

「まあつれないのね、離したくないのに、また来てくれるの……」

雄介は席を立ち、上着を受けとりながら、

「いや、もう函館にはこないかもネ、思い出の一夜なんだよ」

ホステスは、なにやらボーイと会話を交わして雄介を店の外まで送って来て、

「邪魔でなかったら、ホテル教えて、いいでしょ、実はね、私もあと一週間で、山代温泉に行かなくてはならないの、思い出に付き合わさせて、あなたにはなぜか親しみを感じるの、いいでしょ」

雄介は、話半分と思いながら、麗菜にホテル名を教えた。

その後、雄介は函館の街並みをゆっくり見て歩き、タクシーに乗って、「函館山の頂上」へ行き、「百万ドルの夜景」をじっくりと見た。

この夜はいつにない夜空のきれいな晩で、タクシーの運転手も、

「今日はすばらしい夜景が見えますよ、一杯やりながらですと最高ですネ」

と話していた。

雄介は函館山の頂上で、ヤキトリとコップ酒で夜景を楽しんだ。函館山の頂上では、多くのカップルが夜景を見ながら時を楽しんでいたが、雄介は一人旅情を味わうかのように、酒を飲みながらベンチに腰かけ夜景を見つめていたら、いつの間にか寝てしまった。

夜一一時を過ぎたころであろうか、

「兄さん、風邪引くよ、起きなよ」

女性に声をかけられ、雄介が目を開けるとヤキトリ屋の姉さんが立っていて、

「ああ、ありがとうね、悪いけどタクシー呼んでくれない」

「タクシーね、三〇分位かかるよ、よかったら私のトラックに乗って行く？　こっちにきて暖まりなよ、今夜は寒いのよ」

と、言いながらヤキトリを焼く炭火の所へ連れて行った。

「あと一〇分位待ってネ、このおでん食べてなよ」

雄介は、きょとんとしながら、

「どうしてそんなに親切にしてくれるの。さっき僕がヤキトリを買いに来た時は威勢のいい兄さんがいたと思うが、どうしたの」

「あの、アホンダラはオンナの所へ走っていったよ。最近メルトモとか言って若い娘に狂ってるんだよ。あらゴメンネ、お兄さんに愚痴を言って、さあ行くよ、どこまでなの」

雄介はホテルまで送ってもらい、降りる時に上着の内ポケットと表ポケットに手をやった。

「あれ、財布がない、やられたかな！」

と思いながら、ズボンのポケットに手を入れたら、五千札があったので、

「ありがとネ、これ少ないけど僕の気持ち、受け取って」

雄介の仕草を見ていて、ヤキトリ屋の姉さんは、

「あんた、なにかなくなったの、寝ているときに若者四、五人があんたの周りにたむろしていたよ。あんたの仲間かと思ってちょっと見ていたんだけど、すぐに車で走り去ったみたいだね。ここは憩いの場所なんだけど、悪いのがいてね、ナンパや窃盗を目的としたヤツラもくるんだ

よ、日本一の夜景なんだけどネ。お金はいらないよ、あんたはいい人だね、久しぶりに気持ちが癒されるよ、もし、お金に困るようなら、少し貸してやるよ」

雄介は無情と情を同時に味わっているような心境になったが、うれしくてたまらなかった。

函館の
　頂で知る
　　情、無情

「いいんだよ、ホテルに戻ればお金はあるから心配ないよ。これ受け取ってよ、また、機会があったらあんたに会いに来るよ、元気でネ」

と言ってお金を渡し別れた。

雄介が、ホテルのロビーに入っていくと、小綺麗な毛皮のコートを着た女性が近づいて来て、

「どこで浮気しているのよ、帰ろうかと思ったよ」

咄嗟に、雄介は麗菜を思い出したが、まさかホテルにくるとは思っていなかったので、

「あれ、ホテルにきたの、こないと思っていたんだよ、今日初めて会ったのに」

話をしながら二人は五階の部屋へと入っていった。

「ワァーすてき、やっぱりいい胸毛している。私ね、彼氏もいるし、別に男に困っている訳で

はないんだけど、あなたに会って話しているうちに心が惹かれて行くのを感じたの。そして帰り際に話を聞いたら、ホテルに泊まっていると言うし、函館が思い出の一夜と聞いた時に私の心が傾いたの。さっきも言ったけど、あと一週間で、私は石川県の山代温泉に連れて行かれるの。そんなこともあって、無性に何かを求めたい心境になっていて、心が揺れ動いたの。

それにしてもあなたの胸毛、もの凄く魅力的よ、私押さえきれなくなってしまって、クラブ早く切り上げてホテルにきたのに一時間も待ったのよ、でも帰らないで待っててよかった……」

雄介は、聞き役に回りながら、二人で風呂に入り、ビールで一杯やりながらくつろいだ後、ベッドに入った。

「うわー、もの凄い、会えてよかった!、シビレてしまいそう、狂いそう」

麗菜は無我夢中になり、雄介は最初は応じていたが、いつの間にか眠ってしまった。

次の朝、雄介が目を覚ました時には麗菜は部屋にはいず、一枚のメモが残されていた。

　ありがとうございました。

うれしい一夜を過ごさせて頂きました。

あなたは眠ってしまいましたが、素晴らしい男性自身を堪能させて頂きました。

迷っていた気持ちに区切りができ、山代温泉に行く勇気ができました。

突然、押しかけた迷惑をお許しください。
お礼を申し上げます。
では、お元気で
　ステキな胸毛さんへ

函館の一夜の女より

犯罪者への道、窃盗

車上盗

雄介は目を覚まし、もしやと思い所持品を確かめたが、「桃子から貰った財布」、それに雄介の財布は見当たらなかった。

「二つで多分一四〇万円位は入ってたかなあ」

と思いながら、カバンの中を見たら、三万円位が残っていた。

「ウーン、どちらもやられたか、ドジ踏んじゃったよ、まあ、しょうがないか」

唸りながら、背広を振ったら、ポロッと、何かが落ちたので、拾って手に取ると、万能カギであった。

雄介はすぐに、

「ああ、そうか、桃子とモーテルに行った時のカギか」

と思い出した。

この時、雄介の頭の中に、これまで考えてもみなかった悪い発想が走った。

「このカギでなんとか金を手にできないか、試してみよう」

この時ばかりは、

「自分自身が信じられない人間」

に変わっていくことを、雄介は感じていた。

「金の切れ目が人を変える、危険だ、でも、一回ぐらいなら……」

自問自答し心の中で悪と善とを格闘させ、ホテルを出てパチンコ店の前を通った時、広い駐車場が目に入り、

「車を見てみよう、もしかしたら……」

そんな気持ちで、駐車場に止めてある車の中を覗いたら、女性物のバッグが、助手席に見え、

「あれ、金目の物が入っているかも」

雄介の心は、すっかり犯罪者の心に変わってしまっていた。

ポケットに手を入れ、万能カギを取り出し、車のドアーのキー穴に差し込んでみた。少し回し難かったが力を入れて大きく回したところ、カチッと音がして錠が開いた。

「しめた！」

心躍らせながら、すぐにバッグの中を見たら、現金はなかったが、カードが三枚入っていて、郵便局、信用金庫とクレジットのカードであった。

咄嗟に郵便局のキャッシュカード一枚を盗り、診察券が見えたので誕生日を覚えてから、バッグは元に戻し、車のカギをロックしてすぐその場を立ち去った。

「ああ、悪いことをしてしまった、どうしてこんな人間になったんだろう、捕まったらどうしよう……」

雄介は、これまで味わったことのない罪悪感、焦燥感に襲われたが、夢遊病者のようにカードを持って近くの郵便局に飛び込み、ＡＴＭにカードを入れ操作をした。

機械の操作は労金時代に知り尽くしていたので簡単であったが、問題は暗証番号である。

たぶん、誕生日だろうと思い、

「さっきバッグの中の診察券に書かれていた誕生日でやって見よう、まずは、残高照会をやろう」

ＡＴＭにカードを入れ、操作画面が進み、四ケタの誕生日の数字を入れたら機械の案内板は進み、ご利用明細票が出てきたので、残高欄を見たら一〇万円が記載されていた。

雄介はこの残高を見て、

「もう、やるしかない」

と決意し、一〇万円を払い戻し、急いで郵便局を出た。

「ついにやってしまった」

と思うと同時に、

「少し罪悪感が薄れ、妙な快感」

に浸りつつあった。

雄介は、その後、函館のホテルにもう一泊し、明日からの作戦を考えることにした。

連続一〇件

次の日、雄介は人が変わったように悪事に走った。

函館の街に出て、パチンコ店、スーパー、大型駐車場等を精力的に見て回り、車内を覗き、

・バッグ、カバン
・上着
・ケース
等が見えれば、片っ端から万能カギでドアーの錠を開け、
・現金
・キャッシュカード
だけを盗った。

雄介は自問自答しながら犯罪を重ね、この日三時間の間に一〇件の車上盗を行い、
・現金　三五万円
・カード　一五枚
を手に入れた。

人の心の変化は恐ろしいもので、生活に困らなかった時は、

「犯罪は絶対にしてはいけない、人助けはできるだけやるべきである、人の心を裏切ってはいけない」

の信念を強く持っていたのだが、

「金に困り、ふらっと一度犯罪に手を染めてしまうと、人間は罪悪感が薄れ、次から次へとエスカレートしていき、やがては止められなくなり、見つからなければいいや」的な考えになり、人が変わったように犯行を重ねていくケースが多くあり、雄介も犯罪者の道を走ってしまった。

だが、世の中そんなに甘くはなく、悪事は続かず警察のお世話となり、取り返しのつかない人生を歩むことを覚悟しなければならない。

雄介は盗んだカードを持って、大手スーパー内に設置されているキャッシングコーナーに行き、郵便局のＡＴＭで盗んだカードを次から次へと試し、残高を確認しては払い戻しの操作をした。

暗証番号を誕生日で行ったところ、一五枚中一二枚のカードが使用でき、約一〇〇〇万円を手に入れた。

もう、雄介にはこれまでの大切な持ち味であった人に好かれる、癒しの心はなくなっていて、函館から平塚へ向かう列車の中では酒を飲みながら、ふてくされたような形相で座席に座っていた。犯罪の心は人相をも変えるのであろうか。

犯罪の実態

平成一一年における警察による刑法犯の認知件数は、犯罪白書によれば戦後最高の二九〇万四〇五一件であり、前年より二一万三七八四件増となっていて、最も多い交通関係業務上過失(七三万八四二五件)を除くと、刑法犯の認知件数は二一六万五六二六件であり、罪名別に見ると、窃盗が最も多く四七・八%を占めている。

平成一一年における警察による刑法犯の検挙は、一〇八万一〇七人である。

検挙率は年々低下しており、平成一一年殺人九五%、強盗六六%で、窃盗の検挙率は二九・四%になっている。

外国人犯罪は平成一一年は交通関係業務上過失を除く刑法犯検挙人員は五九六三人で前年比一〇・八%増である。

最近の犯罪の手口は、

「金のためなら手段を選ばず!」

で、車のガラスは平気で割って金品を盗る、さらに強盗、殺人、スキあらばなんでもやる。

特に近年、車上狙いが増えていて、手っ取り早くでき、またうまみがある。

本書に書くことにより犯罪を誘発することの懸念はあるが、著者としては実態を知ってもらい、防衛策を実行してもらいたいために書くのであるが、車上狙い及びカード犯罪の検挙率は低く、強盗事件の検挙率と比べれば一目瞭然である。

窃盗犯の主な手口をみると、最も多いのが、

自動販売機荒らし　二一・一％

車上狙い　一六・一％

である。

窃盗犯罪の中で、増加傾向にある手口は、事務所荒らし、出店荒らし、車上狙い、自動販売機荒らしである。

車上狙いの中で、ここ数年急激に件数、被害額ともに増えているのが、カード犯罪である。

カード犯罪は、車上狙いだけではなく、不法侵入や窃盗の関連犯罪として行われている実態がある。

現代社会の犯罪の中で、一番多いのは窃盗であるが、これは古今東西変わることはなく、「犯罪は窃盗に始まり、窃盗に終わる」

と言われる所以である。

特に、ピッキングと言われる手法での窃盗が増えている。

ピッキング犯罪の「ピッキング」なる言葉は、平成九年頃から東京都内を中心に、特殊な金属工具をカギ穴に差し込んで開錠（ピッキング）し、家に侵入して財物を盗んだり、車のカギを開けて財物を盗む事件が多発し、この手法が、アッという間に全国に広まってしまった。

「悪事千里を走る」

なのである。

この金属工具が、「万能カギ」の流れを汲むものであり、荒手のやり方は、「万能カギ」がなくても、バール一本でなりふり構わずガラスをぶち壊して、戸を開けて侵入する事件も少なくはない。

ちなみに、ピッチング犯罪の被害件数を警視庁広報課の調べによると、東京都の平成一〇年は一一〇六件の被害件数であったが、平成一二年には一万一〇八九件の届出件数となっており、二年で一〇倍の勢いで増加しているのである。

平成一二年の全国での被害件数は、二万九二一一件で約三八％が東京都で発生していることになる。

この数字は、あくまでも警察に被害届が受理された件数であるので、泣き寝入りや、被害が僅少なため届けなかったり、中には被害に気が付かない等の件数を入れれば、全国で五万件以上の被害はあると思われる。
なぜ、これほどまでにピッキング等の被害が増えるのであろうか、その理由は三つ考えられる。
一つは、「万能カギ」が犯罪者に行き渡ってしまった
二つは、比較的簡単に開錠ができ、捕まる確率が低い
三つは、財物（カードを含む）が簡単に手に入り、収穫が大きいがあげられる。
怖いのは、このピッキング犯罪のプロ集団が幾つも存在している実態があることだ。一日に数カ所を狙い、日本全国を漫遊しながら犯行を続ける集団もある。また、最近は外国人によるピッキング犯罪も増えている。
プロの手口としては、なるべく侵入されたと気づかないように行う。窓ガラスを破ったり、ドアを壊したり、足跡を残したりしないで、
・財物のうち、狙うのは、現金、商品券類、キャッシュカードのみとする
（盗品としての足がつきにくい）

・絶対に、人目に触れないように行い、入念に、迅速に行う
（検挙率の問題）
・もし、感づかれたら、一目散に逃げる、間違っても襲ったりしない
（窃盗と強盗の違い）
・カードは素早く使い、全額を引き出す
（警戒入力対策）

の手口でやるのである。

カード犯罪は、現代社会の中で犯罪件数としては最も多い犯罪となっていて、犯罪金額も、一件数百万円単位から数千円と千差万別となっている。

カードによる窃盗犯罪は、貯金通帳等による詐欺犯罪と比べると、はるかに検挙される確率は低いのが実態であるし、高額な犯罪事例も枚挙にいとまがない。

殺人や強盗等の重大事件となると、警察は威信にかけて大捜査となり、鑑識、聞き込み、検問、捜査班等が大動員され組織をあげての捜査体制が敷かれる。強盗事件は、たとえ金や人身に被害がなくても、捕まればほとんどが実刑三年以上となるが、それに比べて、窃盗については犯罪の内容によっても違うが、強盗事件とは段違いの捜査内容となっているのが現状であり、

刑も軽い。

警察は窃盗犯罪に対して必要な捜査はやらなくてはいけないが、一定の段階で（初動捜査後間もなく）見切りをつけるケースも多い。

ただし、犯人検挙のメドがありと判断すれば、組織での対応がでてくる。

カード犯罪で、金の引き出しの手がかりとなるのは「暗証番号」そのものがカギを握るのである。

現在日本のキャッシュカードによるＡＴＭでの払い戻し方式は「四ケタによる暗証番号方式」となっている。

あなたは、カードの暗証番号をどのように設定していますか。

Ａ　電話番号

Ｂ　誕生日

Ｃ　住居の番地

Ｄ　家族の誕生日

Ｅ　その他

暗証番号は名義人の意思で自由に設定でき、忘れると困るとの理由から、統計的に見ると、Ａ

の電話番号とBの誕生日での暗証番号設定が大多数となっているのが実態であり、特に「誕生日」での設定が圧倒的である。

それ故に、犯罪者側からすれば、カードを手に入れると同時に、誕生日が知りたいことになる。

カードは大概、バッグの中や財布の中に入れられていて、免許証や学生証等が一緒に入っている場合が多く、そうすれば、生年月日が分かることとなる。

だから、プロの手口としては、財布の中からキャッシュカードだけを盗み、その時に、免許証等から生年月日をメモしておき、そして、カードを持って近くのATMへ行き、払い戻しを行う。

一回目の払い戻しが成功すれば、残高が表示された紙片が出てくるので確認でき、残高は千円単位まで払い戻せることは当然プロは知っている。

だから、貯金や預金の残高が根こそぎやられてしまうのである。

カードの持ち主は、カードがなくなったことにすぐ気づいて早く金融機関に届ければ、被害を未然に防止できるケースもあるが、プロの犯罪者の場合はこの辺は抜かりがなく、時間差を利用して穴の毛まで抜くのである。

『暗証番号は誕生日に設定しない方が良い』

まず、これだけは読者に伝えておきます。

刑法犯の件数は年々増加の一途をたどっていて、二〇〇一年度版犯罪白書によれば、平成一二年の一年間に警察が認知した刑法犯は、約三二六万件で、平成一一年より三五万件余り増加している。

罪種別では窃盗が六五・五％とトップであり、これに対し、刑法犯摘発率は年々低下しており、平成一二年の検挙率は二三・六％と前年を約一〇％下げている。

これは、窃盗犯の検挙率が低下していることを表している。

特に近年急増傾向にあるのは、カード犯罪であり、世界的に組織犯罪として巧妙な手口が繰り広げられている実態となっている。

カード詐取・・・名義人になりすましカードを手に入れる手口

スキミング・・・名義人の目を盗み情報を入手し、カードを偽造する手口

により、手に入れたカードで、短期間に大量の買い物をする犯罪も急激に増えている。

くれぐれもカードの扱いにはご用心を。

平塚へ

競馬、競輪の付き合い方

雄介はギャンブルに対する付き合い方に信念を持っていた。
それは、
・むやみやたらに購入しない
・レースを絞る、できれば一日二～三レースの投票に絞る
・スポーツ新聞を常に読む
・熱くならない
・レースの流れを読み、本命を決める

・予想紙等の内容に付和雷同しない
であり、この投資法を確立して確実に守っていた。
また、経済面は、
・間違っても金を借りてまでギャンブルにのめり込まない
・ギャンブルで人と金の貸し借りをしない
・勝っても負けても節度ある投資をする
・小遣いとしての許容範囲をわきまえる
等を信条として、競馬、競輪を人生の生き甲斐としての楽しみの要素としていたのである。

「ケイリングランプリ01」への旅

雄介は函館で盗んだキャッシュカードにより金を手に入れた後、神奈川県の平塚へと向かうことを決めた。

それは、毎年開催されている「ケイリングランプリ」が今年は神奈川県の平塚競輪場で開催されているからであった。

「ケイリングランプリ」は、ケイリン界における年間のチャンピオンを決めるレースで、各種タイトルホルダー及び賞金上位者の九名によって争われるビッグレースであり、雄介が最も楽しみにしている競輪のレースでもあった。

「ケイリングランプリ01」のメンバーと組み合わせは、二日前に発表されていて、

1枠　1番　神山　幸二郎（栃木　三三歳）
2枠　2番　山田　典仁（岐阜　三三歳）
3枠　3番　高木　邦弘（神奈川　三二歳）
4枠　4番　浜口　正彰（岐阜　三三歳）
〃　5番　伏見　英昭（福島　二五歳）
5枠　6番　岡部　和幸（福島　三一歳）
〃　7番　小橋　信義（新潟　三四歳）
6枠　8番　稲村　康浩（群馬　三〇歳）
〃　9番　児玉　雅志（香川　三二歳）

の九選手によって争われた。

競輪に興味のある方なら、レースの展開上の当然の内容であるが、若干触れると、

・レースの展開の読み
・連携の読み
・最終バックでの主導権の読み
・各選手の戦法

が、推理の内容となる。

ちなみに、競輪では、「人脈」が、レース展開の重要なカギを握り、一人より二人、二人より三人と連携がうまくいけばいいし、長ければ、長いほどラインとしては強くなる。

「強力な先行タイプ」がいてライン形勢ができれば理想形である。

「ケイリングランプリ01」の場合において、連携は、

・群新ラインの（群馬、新潟）
　稲村―小橋
・岐阜ラインの（中部ライン）
　山田―浜口
・福島ラインの（北日本ライン）
　伏見―岡部

・神山ラインの（関東ライン）

神山―児玉

のラインを基本として、

・神山は山田ラインに付き、状況をみて、他のラインに付くか自力で出て行く

・高木は開催地平塚競輪場の神奈川県出身であるので、有力ラインへの連携を主張することができ、伏見ラインを主張して主導ラインをマークするので、伏見ラインは

伏見―岡部―高木

となり、また、展開によっては、児玉は神山に着き、展開により切り替える等の予想ができる。

ここまでの展開予想は、事前にスポーツ新聞にも書かれているし、競輪ファンなら推理できる内容である。

レースの展開

主導権争いはどうなるか、この読みがレースを推理する上で重要な点となる。

「ケイリングランプリ０１」は、どのラインが主導権を取れるのか、そしてラインはどうなるのか、レースを読むのに最重要な内容である。

本レースの場合、伏見ラインが注目のラインとなっていて、それは伏見が、
・強力な先行選手
・平成一三年の戦績が良い
・メンバーの中で唯一の二〇代
・同県の岡部との強力ラインができ、さらに高木が付けて強固なラインとなるであるが故に、注目は伏見ラインに集中せざるを得ない。
だが、他の選手も黙ってはいなく、どこでどのような作戦に出てチャンスを摑むかを、虎視眈々と狙って真剣勝負でレースに臨むのである。

競輪の面白さは、このようにレースの流れをメンバー構成により推理することにあり、複雑多岐に亘り推理を楽しめることができる点であることを知ってもらいたい。

競輪は、ただ単純に並んで走っているのではなく、また、単純なスピード競争だけでもないことが分かってくるとますます面白くなってくる。

「ケイリングランプリ０１」のレース展開は、発走後すぐに、稲村ラインが先頭を確保し、最

後の二周前で伏見ラインが動き出し、先頭に立って主導権を確保し伏見の後位争いが始まった。最初に高木がしかけて伏見の後位を狙いに行き、岡部、稲村との争いで最終バックホームに差しかかったところで、山田が猛然とマクリに出て2番手争いに加わり、伏見は悠然と先行して逃げていった。

第4コーナーを曲がっても伏見のスピードは衰えず、後位争いはし烈となり、神山は振られて落車。岡部、高木は、山田、稲村に伏見の後位を取られ後退、伏見が逃げ切って優勝、2着は山田が際どくいさがり、3着に稲村が入った。

結果からすれば、伏見ラインの勝利であるが、伏見の後位が奪い合いとなり、岡部、高木のラインが乱れ守りきれなかったことになる。

レースの結果は、

優勝　伏見　英昭
2着　山田　典仁
3着　稲村　康浩
4着　浜口　正彰
5着　岡部　和幸

6着　高木　邦弘
7着　児玉　雅志
8着　小橋　信義
9着　神山　幸二郎
で決まり、配当は、
車番連勝　2―5　2830円
車番単勝　5―2　6400円
であった。
ところで、雄介は平塚競輪場で一〇〇〇万円位負けてしまった。
雄介の平塚での競輪への投資は、なにか気持ちの落ち着かない中で、あてもなく車券を無意識に買ってしまっていたのである。
これまで頑なに守り通した「雄介のギャンブル哲学」はどこかへすっ飛んでしまい、第1レースから車券を購入し、負けを取り返そうと、配当を見ての購入となり、悪循環を繰り返し最終レースまで購入し続け、気づいた時には残金がほとんどなくなっていた。
ケイリングランプリ01のレースは、当初、伏見の頭は不動、厚め、薄めの買いとして予想紙に大きく書いていたのだが、負けが込むに従い、当初予想を無視して、神山からの車券を購入し外れてしまった。

雄介初めての大負けであり、精神状態の異常原因が、「犯罪によるお金での遊び」にあることは自覚せざるを得なかった。

「反省、反省！」

を推理していても飽きることはないくらい深さを持っている。

ただし、当たるか当たらないかはこれまた別の話となってしまい、それがギャンブルなるゆえんであることは、はっきりと認識しなければならない。

競輪は、前にも書いたが「ライン戦争」であり、主導権を確保できる先行選手の後位は、どの選手にとってもほしい位置となり、一着になるのに必要不可欠の位置でもある。

戦法としては、主に、
・先行（逃げ）
・追い込み（マーク、マクリ）
の二種類に分類される。

競輪競技は最高時速八〇キロ位のスピードとなり、先頭選手は風の抵抗をもろに受けることとなるため、後ろに付いた選手は風の抵抗が軽減されるので、ペダルを踏む力が少なくて済み、ゴール前での力を温存してレースができる。

それ故、隙あらばと他の選手を押し退けてでも好位を確保しあう競技で、特にマークを得意とする選手は、先行選手との連携に勝負の大半のエネルギーを費やすこととなる。

それでは先行選手が一方的に不利になるかと言えば、そうとは一概に言えない要素があり、競馬も同じであるが「レースの展開」によって、いろいろと勝負を左右する要因が出てくるのであり、先行選手は風の抵抗を受け、一見犠牲が大きいように思われるが、悪い事ばかりではなく、主導権を取ることが競輪はまず重要なのであり、

・スピードの持久力に自信がある
・競り合いをしたくない
・後ろに付いてラインを守ってくれる選手がいる

等であれば、勢いよく最後の周回前の第4コーナー付近から飛び出すのである。

うまく、先行選手の後位が、

・競り合い
・マーク選手によりブロック

となれば、スピードにすべてをかけゴールを目指すことができる。

先頭争いおよび後位の争いは特に最後の周回のバックスタンド付近(レースの展開により違ってくる)から猛烈に激しいスピードと「障害物競走」になり「命がけの障害物競走」の世界に突入するのである。見方によっては淡々と展開されているように見えるのが競輪であるが、そうではなく奥の深さが含まれていて、それを推理するのが競輪の面白さなのである。

これで競輪が「人脈戦争」とか「障害物競走」と言われる意味合いが理解できると思う。

逮捕、再び札幌へ

逮捕

雄介は、「ケイリングランプリ０１」で大負けをしてしまい、ふて腐れながら、平塚競輪場の次は、またどこかでカード犯罪をやり、小倉競輪場へ行く予定を立てていた。

それは小倉競輪場での競輪祭が目当てであった。

ところが悪事は、うまくは続かず、「天網恢々、疎にして漏らさず」である。

雄介が、ゆっくりと朝食を終えホテルの入り口を出たところで、二人の背広を着た男性に声を掛けられた。

「熊野雄介だね、郵政監察だ、平塚警察署まで任意同行願います」

雄介は、

「はい」

と答え、己の身が一瞬のうちに崩れて行く姿が頭をよぎり、愕然とした。

取調室で、郵政監察官から、

「函館でのキャッシュカードによる資金窃取は君だね」

と言われ、雄介は、

「はい、すみません、やりました」

と犯行を素直に認めた。

雄介は、平塚警察署で取り調べを受け、その場で逮捕され、札幌へと移送された。

郵政事業に関する犯罪は郵政監察が主体的に犯罪捜査を行っており、キャッシュカード犯罪においても多くの犯人を検挙している。

司法警察権を持った内部監査組織としての郵政監察組織は、全国に約七〇〇名の郵政監察官を配置していて、郵政事業における部内者犯罪の早期発見・未然防止や部外者犯罪の捜査に活躍している。

昨今、三面記事を賑わせている外務省や旧大蔵省に、郵政監察制度のような司法警察権を持った内部監察組織が構築されていたならば、日本の歴史は違っていたのではなかろうかと思う。

取り調べ

雄介は平塚から郵政監察官とともに札幌へ取り調べのため移送された。

平塚警察署で取り調べを受けた際、監察官から、

「君は、何件カードでの犯行を行ったのか」

と聞かれ、

「はい、払い戻しができたのは二日間で一三件です」

と答えたら、

「君は正直だね、無駄なやりとりをしなくて済みそうだよ、正直に答えてくれれば早く取り調べが済むよ」

と言われた。

雄介は犯罪を行ってから、まだ一週間くらいであったので、記憶ははっきりしていたし、労金時代の業務からお金の流れに関する内容は、それなりの記憶ができるように鍛えられていた。

それゆえ、郵政監察官からも、

「君は記憶がいいし、正直で取り調べがやり易いよ、ところで所持金はいくらあるんだね」

と、聞かれたときに、雄介は、

「アッ」

と思わず言いながら、我に返り、

「すみません、もう三〇万円くらいしか残っていません。平塚競輪ですっかりすってしまい残っていません、後で働いてなんとかします」

言い終えると、雄介は不思議な気持ちになり、犯罪を行った自分がなにか信じられない人間であったことに気づき、郵政監察官に、

「逮捕して頂きましてありがとうございました。今、我に返りました。早い段階でよかったです、このまま逮捕されなければ犯罪を繰り返していたと思います。それと、今、気づいたのですが、犯罪を行った後の心は本来の自分の心でなくなっていたことが分かりました。監察官から所持金のことを聞かれ自分の心が蘇ったのです。

実は、昨日平塚競輪で約一〇〇〇万円くらい使いましたが、全然満足感がありませんでした。これまでの私のギャンブル経験において、こんなに負けたのは初めてですし、充実感が残って

いないのも初めてです。おかしいなと思いながらも、ズルズルと訳の分からないうちに車券を買っていました。そして外れると、余計なことを考え、また買ってしまい、気が付くといつのまにか一〇〇〇万円も負けていました。恥ずかしいです、死んでしまいたいですよ」

この「死んでしまいたい」の言葉を聞き、郵政監察官は、

「死んじゃだめだよ、『生き続けることが、人間として最も重要な使命であり、人生の目的なんだよ』これは五木寛之さんの『人生の目的』に書かれているよ。君は立ち直れる人物だよ、今回のように衝動的に行動してはだめだよ。それと誰か被害金一〇〇〇万円くらい弁償してくれる人いないかね、弁償できれば初犯だし正直で改悛の情もあり、執行猶予の可能性が高いと思うんだけどね、代納を頼める人いませんか……」

雄介は頑なに断った。

「このことは誰にも知らせないでください。自分の責任において弁償しますので、しばらくの間は勘弁してください。実刑を言い渡されてもやむをえません、特に妻には知らせないでください」

取調官と雄介の人間関係は、取り調べ以外においてもすこぶるよく、犯罪以外の話も時々することがあった。

五日目の取り調べの際、昼食時間の会話で、雄介が俳句を郵政監察官に披露した。

「監察官さん、私が留置場で作った句を聞いてください。

金網の　片隅で見る　冬の空

昨日、留置場の小窓から見ていて頭に浮かんだんです」

これに対し、郵政監察官が川柳を返した。

金網の　片隅で見る　次の希望《ゆめ》

この句を聞き、雄介は、

「ありがとうございます。思い出の句として大切に頭に入れさせていただきます。句の心を深く噛みしめて生きていきます」

礼を言った。

雄介に対する取り調べは順調に進み一週間で終え、一〇日間の勾留期間が切れ、本件事件は検事の判断により起訴されることとなった。

郵政監察官は取り調べを終え、雄介に、

「最後に個人として三点話しておきたい
・罪は憎くむが、君は憎まない
・今回の件を教訓として、二度と犯罪に手を染めないように
・生き続けることが、人間にとって最も重要な課題である
頭に入れてしっかりと生きて欲しい」

言い終えると、席を立ち、振り返りながら、

「もう少し君と一緒に話をしていたかったよ。望むなら被疑者と取調官の関係でない状態でね、元気で」

と言い、一礼をして別れた。

判決、釈放

雄介は起訴され、一〇日後に初公判があった。

罪状については素直に認め、争う意思のないことを告げて進んでいったので、逮捕されてから、一カ月後には判決の公判が開かれた。

「判決、主文

懲役一年六カ月、執行猶予三年

を言い渡す」

裁判長の説教が続く、

「君は、才能を正しく活かせば、すばらしい人生を歩めるはずである。今からでも、遅くはない。今回は、幸いにも、被害者に全額弁償済みであり、改悛の情が著しく、また、『これからも君を見守る』との、嘆願書が届けられた。よって、執行猶予を付けた、分かるね」

雄介は唖然とした。

「おかしいな、誰が一〇〇〇万円もの弁償を、そして嘆願書が届けられた?」

たしか第二回公判の終了時に、雄介は弁護士から実刑は覚悟するように言われていたのである。法廷の傍聴席には、郵政監察官が一人メモを執っているだけで、雄介の知人は誰もいなかった。

判決後、雄介は釈放の手続きを済ませ、裁判所を出たところで、手を振りながら二人が雄介を待っていた。

「あれ！　桐村理事長、それに康子‼　来てくれたのか、そうか、弁償金と嘆願書の出どころが分かったよ、ありがとうね、感謝、感謝」

雄介は、康子の手を握り、理事長に深々と頭を下げた。

「まあここではなんだから、旨い料理店へ行って腹ごしらえをしようや」

理事長が言ってタクシーに乗り、料亭「三葉」に行き、三人で会話を弾ませ食事をしていたが、とても裁判所から釈放された犯罪者と裏切られた妻、そして元上司との再会とは思えない雰囲気であった。

板さんの連絡で、桃子が駆けつけ、やがて若頭も駆けつけて、賑やかな大宴会となり、康子がビックリしながら礼を述べた。

「主人が大変迷惑をおかけしまして申し訳ありません。でも、今日主人と再会をして、皆さんとの会話を聞いていた時に、ようやく雄介の心を見た思いがしました。これからは絶対に離しません、ありがとうございました。雄介それとね、桐村理事長が労金職員に頼んでくれて、五〇〇人もの嘆願書を提出してくれたんですよ、分かる？　理事長さんありがとうございました」

礼を言うと、桃子が、

「雄介、いい奥さんじゃないの、康子さんが許すなら、雄介は札幌にいてもらいたいんだけどね。でも、康子さんの話を聞いて私も気持ちの整理ができたよ、雄介分かったね、奥さん泣かせたら許さないよ」

会話は尽きないで、その日は桃子のはからいにより札幌のホテルに三人は泊まり、翌日飛行機で東京経由で、雄介は甲府の康子の実家に戻った。

元の鞘に納まり、康子が雄介に、

「生活は私が支えるので、あなたは卓望と一緒にいて、自由にしていてくれればいいのよ。だからもう何処かへ行かないで、そして、悪いことは二度としないで。だって郵政監察官と誓ったんでしょ、私とも約束して」

毎晩のように迫ったが、雄介の心の中には火がついたように、決意した内容があったので、

「康子、ありがとうね、うれしいよ、こんな俺にそんなに優しい言葉をかけてくれるなんて、次の事を約束する。

・行き先を告げ、いつでも連絡をとれるようにする

・犯罪行為は絶対にしない

・遊びは競輪一本とするが、全国の競輪場巡りをする

・競輪場へ行った際は、その土地の名産品を買ってくる
だから、後は何も言わないでくれ、頼むよ康子」

雄介が康子にこんなに真剣に話をしたのは、結婚してからこの時が初めで最後かもしれない。

康子は、雄介に、

「不貞をしない」

約束を迫ったが、雄介は首を縦に振らなかった。

二週間を過ぎた頃に、雄介の体は居ても立ってもいられなくなっていた。

それは、

「ふるさとダービー弥彦」

が迫っていたのである。

雄介の頭の中は、弥彦神社でお参りをして、
・宿は岩室温泉の「富士亭」
・お土産は「角屋のきんつば」と「岩室せんべい」
・選手会は岡田選手に面会して、新潟県の選手紹介をする
・コメンテーターの若葉堅太とは現地で落ち合う

等、いろいろな思いを抱きながら楽しみを求めて生きています。

私もその一人であり、これまでの人生経験を踏まえ、希望を入れた小説を書いてみたいと奮い立ち、ペンを執りました。

特に、

「人の心のあり方」

「現代社会の危険な一面」

「男と女の関係」

を題材に、競輪の面白さと競輪関係者の素顔を紹介してみたい。そして、もっと競輪を世に広め、目指すは、

「釣りバカ日誌」

「フーテンの寅さん」

のように、全国に五〇カ所ある競輪場を廻りながら、川柳を詠み、喜怒哀楽のドラマを展開したいのです。

例えば、

「びわ湖湖情編」

「小倉徒然編」

「小田原湯煙編」

等のタイトル名で、各地の名産品、名物女将や旅館、そして、競輪選手会と連携して、競輪の背景と旅情を紹介しながら、主人公雄介の生き方を描いてみたいのです。この小説が、読者のみなさんから協賛が得られ、また、日本自転車振興会の協力を得て、今後はシリーズものに発展できたらと願っています。

痛快の夢を追って
人生の常備薬として
心の中に喜びのネタを持ち続ける

唯一、気ままな雄介のこだわりである。

喜びを大切にされるみなさん、中野浩一さん、井上茂徳さん、神山雄一郎さんや競輪ファンのみなさん、ぜひ読んでください、そして、次の話に続けようではありませんか。

さあ!　痛快のドラマを育て花を咲かせましょう。

真心好太郎